SIVERT I TÅGEDALEN

LILLI LUND CHRISTENSEN

SIVERT I TÂGEDALEN

og to andre fortællinger

Forlag: BoD – Books on Demand, Hellerup, Danmark

Tryk: BoD – Books on Demand, Norderstedt, Tyskland

ISBN 978-87-4302-275-6

Indhold

FISKEBJØRNS Ø

SIVERT I TÂGEDALEN

Kapitel 1: Hjem fra marked

Det var eftermiddag, da Sivert endelig kunne skrumple hjemad. Dagen var varm nu, og en flimrende dis lå over den lange smalle dal, som han skulle igennem, før han kom til den lille bjergås, der skilte denne dal fra den næste, Tågedalen, hvor Sivert havde sit hjem. Hans lille røde hest Immerfro travede sindigt af sted. Den glædede sig lige så meget som Sivert til at komme hjem, bort fra støvet på markedspladsen i landsbyen.

Siverts lyse hoved sank ned på brystet. Her var fredeligt og stille, og Immerfro kendte vejen. Sivert var en ung, køn og stærk mand. Han var vant til stilheden i Tågedalen, og nu var han træt efter markedets larmen og købslåen. Han havde fået solgt godt og købt, hvad han skulle bruge. Snart travede Immerfro af sted i takt til sin herres lette snorken.

Efter to timers jævnt trav var hjemmet endelig i sigte. Den lille røde hest vrinskede sagte og satte farten op. Sivert vågnede. Foran ham lå hans fødedal, Tågedalen, i den lune eftermiddagsdis. På den store sydvendte bjergskråning med de store marker med frugtbar muldjord lå en grå kampestensgård, Siverts hjem. Her havde han boet med sine forældre til for kort tid siden. Nu var hans forældre døde, revet bort sidste efterår af en sygdom, som også havde taget mange af folkene i landsbyen.

Da hans forældre levede, havde han aldrig følt sig ensom. Han havde også en hemmelig ven, som end ikke hans forældre kendte til. En ræv var kommet til ham, da han var en lille dreng, og ræven snakkede til ham. Den kunne godt lide ham og ville besøge ham ind i mellem, hvis han lovede aldrig at fortælle sine forældre om den. Det løfte havde han holdt. Men nu var det snart flere måneder siden, at han sidst havde set Ansiger. Og Sivert følte ensomheden liste omkring hans dør om aftenen og lure på at lægge sig om hans hjerte.

Folk i landsbyen forstod nok, hvorfor Siverts forældre i sin tid flyttede ud i den frugtbare dal, da de opdagede den. Hvem ville ikke gerne eje noget af den frugtbare jord? Alligevel var det kun Siverts forældre, der tog skridtet og flyttede derud, selv om flere havde følt sig fristet. Der gik jo så mange rygter om underlige væsener derude – hekse, kentaurer, tågevæsener – ja, havde Siverts forældre ikke netop kaldt dalen for Tågedalen? Hvorfor havde de det? Nej, på den anden side af Langedal, (den, som Sivert var kørt igennem før Tågedalen), dér kendte man landet, dér havde man boet i århundreder, dér kunne man føle sig tryg.

Men da Siverts forældre tog af sted og tog fat på at bygge deres gård i Tågedalen, fulgte misundelsen dem alligevel på vej. Alle, der kunne have fulgt dem, men ikke havde turdet, de sendte deres gule tanker efter dem og håbede, at det ville gå dem dårligt på det nye sted.

Men det gik dem godt. Alt, hvad Sivert vidste om sine forældre, var, at de var kærlige mennesker, og at alt lykkedes for dem. Kornet voksede, kvæget formerede sig, og misvækst og sygdom kendte de næsten ikke til. De havde bedt ham passe på, når han gik i udmarken, på de stenede vidder, der lå højere oppe ad dalskråningen oven for deres gård og gik over i fjeld og højslette. Det var dér, man sagde, at kentaurerne var. Siverts forældre troede ikke rigtigt på det, havde aldrig set nogen, men advarede alligevel Sivert – og måske var der bjørne og ulve, hvem vidste. De havde afgrænset de højstliggende af deres marker mod udmarken med et langt stendige. Sivert havde ofte hjulpet sin far med at køre sten derop. Diget var ikke færdigt hele vejen. Engang havde Sivert spurgt, om det var nødvendigt.

"For en sikkerheds skyld," havde faderen sagt, mens han asede videre med stenene.

"Men hvis der kommer nogen, kan de da let springe over," havde Sivert sagt.

"Ikke så helt let alligevel, min dreng." Faderen havde smilet skævt. "Der er så meget, du ikke forstår endnu. Når du bliver ældre, vil du forstå det." Når Sivert tænkte efter, var der i grunden en hel del, som hans far havde sat i vente, til han, Sivert, var blevet ældre, for at han så bedre ville kunne forstå det. Mange af sine spørgsmål fra dengang kunne han i dag ikke engang huske. Men han huskede sin fars vending: "Det skal jeg forklare dig, når du er blevet lidt ældre, min dreng."

Nu var de hjemme. Hønsene for frem og tilbage, mens Immerfro travede ind på gårdspladsen. Sivert hoppede ned og spændte fra. Han lod hesten selv gå hen til vandtruget, mens han begyndte at læsse varer af. Så rettede han sig og lod blikket glide langsomt rundt over gårdlængerne, ud over markerne foran, hvor hans kvæg gik, ned til det brede vandløb i bunden af dalen, over markerne bagved og ud til den begyndende tåge i den fjerneste ende af dalen og til den anden side op til hullet i stendiget, som han kunne se langt oppe af dalskråningen. Det hul, som han nu kom i tanker om, at han havde lovet sin far at lukke hurtigst muligt.

Kapitel 2: Aftendanserne

O m aftenen satte Sivert sig på terrassen foran stuehuset. Følte han sig ensom, havde han dog aftendansernes ufattelige skønhed til trøst. Ingen i landsbyen vidste noget om aftendanserne, og Sivert havde ikke tænkt sig at fortælle det til dem. De var såmænd flinke nok at handle med, men her ud til dalen kunne man aldrig drive dem. Han havde forsøgt, da han manglede hjælp i foråret, og igen i dag havde han spurgt, om der var nogle, som kunne tænke sig at hjælpe ham med at høste og slagte, når den tid kom. Men nej. Til Tågedalen ville de ikke.

Tusmørket sænkede sig. Dalen levede nu som altid op til sit navn. Altid stod der en mur af tåge i den fjerneste ende af dalen – der, hvor Sivert sjældent havde ærinde, og hvor alle de mærkelige sorte sten lå.

I den sumpede dalsænkning lå der også sten spredt over engene og ved åen, men det var rigtige kampesten. De fortsatte op ad fjeldskråningen på den anden side, hvor der først kom et smalt skovbælte, som dog ret hurtigt gik over i fjeldknolde, og hvor der ikke var nær så frugtbart som på den sydvendte dalside, hvor Siverts gård lå.

Hvor tågemuren var, snævrede dalen lidt ind, og bagved, hvor den udvidede sig i et stort sumpet rundt bækken, som var afslutningen på dalen, før fjeldet rejste sig bag den, lå de sorte sten. Sivert vidste, at det var fra dem, tågen kom. Når tusmørket sænkede sig, krøb tågen frem i dalbunden fra det runde bækken, og jo mørkere det blev, jo mere rejste tågen sig, fik gnistrende farver og hviskede og susede, mens fantastiske figurer tog form og dansede og svajede. Lysfænomenerne, eller hvad det nu var, holdt sig altid over den lille runde dalsænkning, der lå længst væk. Derfra skød lysende pile og brusende sole og søjler af ild op i aftenmørket og faldt lydløst ned igen. Så højt som til Siverts gård var de aldrig kommet, og han sad trygt på sin terrasse og lod sig tryllebinde næsten hver eneste aften.

Sivert og Ansiger havde også prøvet at være tættere på et par gange. Fulde af eventyrlyst var de sent på eftermiddagen vandret op til Tågedalens indsnævring. De var hoppet fra sten til sten i dalbunden. Om foråret var her helt oversvømmet af smeltevandet fra bjergene, men drengen og ræven var gået derop på varme sommerdage, hvor fugten kun lå i bunden af græsset. Sivert huskede tydeligt den allerførste gang, denne kildrende urolige følelse. Var det farligt at være så tæt på? Vidste Ansiger det? Nej, ræven vidste det ikke, men mente det ikke, hvis de holdt sig et godt stykke oppe af bjergskråningen.

De var nået op til indsnævringen, hvor de sorte sten lå spredt foran dem i hundredvis, store og små imellem hinanden. De kunne godt ligne kulstykker og virkede porøse med mange fine revner. Over hele den runde dal hang en fin tåge, som der altid gjorde, og det var tydeligt, at den sivede ud fra porerne i de sorte sten.

Sivert havde forsigtigt prøvet at røre ved en lille sort sten. Den var varm og smuldrende at røre ved, og han kunne let trykke mærker i den. Bagefter havde han sort støv på fingrene. Da var han pludselig blevet bange for, om han måske havde ødelagt noget, og havde lovet sig selv, at han aldrig mere ville gå og pille ved stenene. Han og Ansiger havde derefter sat sig på fjeldskråningen (på nogle rigtige kampesten) og betragtet sceneriet i det tiltagende tusmørke.

Et røgagtigt slør var allerede begyndt at sive ud fra nogle af stenene. Solen stod meget lavt, og mørket kom krybende fra alle sider. Gnistrende farver kom og gik i den stadig tættere røg eller tåge, der nu tydeligt sivede frem fra de sorte sten og begyndte at duve frem og tilbage. En bølge af lys fejede igennem røgen, efterfulgt af endnu en og endnu en. Så rejste der sig på én gang op af det uldne tæppe en fire-fem kæmpestore figurer, dobbelt så høje som et menneske, i rødt, gult og blåt, og gav sig til at svaje frem og tilbage, ind i mellem hinanden, igennem hinanden, forbi hinanden – den ene fantastiske form afløste den anden, og farverne skiftede, gnistrede og flimrede. Så var det lyst, så mørkt, så grønt, så rødt. Nogle af de første figurer faldt ned, men nye rejste sig af røgtæppet. En menneskelignende figur vuggede blidt frem og tilbage med noget, der lignede arme strakt op over hovedet. Men flimrende skiftede den form, blev til en lysende ring og så til en bølgende skive.

Ansiger sad opmærksomt og fulgte med, mens lysskæret spejlede sig i hans sorte øjne. Hans spidse snude vejrede, og ørerne var, som de plejede, på vagt bagud og til siden. Sivert sad henført med åben mund. En så overvældende skønhed! Aftendanserne! Hvorfor gjorde de det? Hvem eller hvad var de eller det? Var denne skønhed bestemt for nogen?

Det bølgende og flimrende kæmpeskue blev ved en lille timestid. Solen var for længst gået ned. Nu oplystes denne del af dalen kun af de skiftende figurers flakkende lys. Men forestillingen var nu ved at være forbi. Farverne blev mindre strålende, de store figurer blev færre, og til sidst havde de alle lagt sig, så kun røgtæppet med svage farveilinger dækkede jorden og stenene. Det blev nu så mørkt, at man knapt kunne skelne røgen, der sivede tilbage i stenene igen.

Sivert og Ansiger rejste sig. Fulde af indtryk begav de sig tavse på vej tilbage mod Siverts forældres gård. Altid de samme spørgsmål, den samme undren, den samme fortryllelse, som hver eneste gang, de så fænomenet. Også Siverts forældre så på de lysende skikkelser og former hver aften. Heller ikke de havde nogen forklaring.

De nød det bare. Dog blev Sivert formanet: Ikke for tæt
på! Måske er det farligt tæt på!

Alligevel havde Sivert ved en anden lejlighed forsigtigt
prøvet at røre ved den farvestrålende røg – og havde da
fået et sådant rap over fingrene, at han var øm i flere dage
efter. Hans far og mor havde bebrejdet og formanet ham
igen. De mente nu, at det måtte være en slags lynild, og
han fik strenge ordrer om aldrig at røre aftendanserne
igen.

Sivert sukkede ved tanken om sine forældre, der nu al-
drig skulle tale til ham mere. Mismodigt strøg han med
hånden gennem det lyse hår. Gid Ansiger snart ville
komme forbi! Nu var de første store lysende skikkelser
allerede begyndt at rejse sig fra bunden i dalsænknin-
gen. Sivert lænede sig tilbage i den træstol, som hans
far havde lavet. Han lod de strålende figurer og mange-
farvede lys gennemstrømme sin hjerne og glemte for en
stund sin ensomhed.

Kapitel 3: Ansiger

En aften kom Ansiger endelig. Hans lille røde krop strøg ind på gårdspladsen langs husmuren, mens han vagtsomt så sig omkring. Og han mærkede med det samme, som altid her hos Sivert, at her havde han intet at frygte. Her var ingen gårdhund, der gøede rasende ad ham eller emsige tjenestefolk, der kom farende med bøssen. Mellem Ansiger og Siverts gamle kat var der ophøjet ligegyldighed. Katten kneb øjnene sammen, som den sad på huggeblokken, og fulgte Ansiger med blikket, da han som et lille rødt lyn smøg sig ind af lemmen i køkkendøren – for stor til en kat, men passende til en ræv. Den lem havde Sivert lavet som noget af det første, da han blev alene.

Sivert sad og spiste. "Ansiger!" udbrød han glad og rejste sig. ""Hvor har jeg længtes efter at se dig!"

"Hej, Sivert!" sagde Ansiger med en sjov 'tynd' lille stemme og hoppede op på bænken på den anden side af bordet. "Jeg har skam også savnet dig! Men vi har jo begge vores at passe!"

Sivert var begyndt at finde mad frem til Ansiger. Kogt flæsk med kål og groft brød. Med skjult morskab så han ræven gå uden om kålen og hapse flæskestykkerne først for så til sidst, lidt tøvende, at gå ombord i brødet.

"Ansiger," sagde Sivert tøvende, da ræven var færdig

med at spise. "Må man have lov at spørge – hvad er det for noget, du har at passe? Selvfølgelig skal du skaffe dig føden, men ellers ...?"

Ansiger løftede hovedet og slikkede sig om munden. "Spørg du bare," sagde han med et glimt i sine sorte øjne. "Ellers får du jo aldrig noget at vide. Hvor har du sat vandet?"

Sivert havde allerede fyldt en skål med vand og satte den ned på bænken til Ansiger. Ræven slubrede vandet i sig. "Åh, det gjorde godt, Sivert. Jeg har løbet langt, kan du tro."

"Hvad løber du så langt efter da?" Sivert prøvede igen.

Men Ansiger gav ham spørgsmål til svar: "Er der aldrig nogle ting, der undrer dig, Sivert? Spørgsmål, der dukker op, og du synes, at du burde have haft et svar, men det har du aldrig fået?" Han lagde sig nu nydeligt til rette på bænken og gav sig til at slikke sin snude og sine forpoter.

"Måske," sagde Sivert og undrede sig lidt.

"Prøv at tænke på nogle spørgsmål, der er dukket op for dig."

Sivert tænkte sig om. "Det eneste, jeg kan komme i tanker om lige på stående fod, er, hvorfor du ikke er et menneske, når du taler og tænker som et menneske. Ville du egentlig ikke ønske, at du VAR et menneske?"

"Godt, Sivert, godt!" Ansiger sprang op på bordet og væltede Siverts krus. "Du har ikke tænkt en eneste tanke ud over dagen og vejen, siden dine forældre døde. Men nu kom der én! Ja, Sivert, hvorfor er jeg en ræv, der taler, og ikke et menneske? Det har jeg ofte selv spekuleret over. Og du spørger, om jeg ikke kunne tænke mig at være et menneske i stedet for en ræv. Ja, det ved jeg ærlig talt ikke rigtigt. Nogle gange er det en fordel at være menneske, tror jeg da, men andre gange er det rart at være lille og høre og se uden selv at blive set og at kunne løbe over store afstande. Men jeg er altid bange for jægere, det ved du. Det er ræves forbandelse." Ansiger havde talt sig helt varm.

Sivert så kærligt på ræven. "Men du kan ikke give mig svaret, kan jeg forstå."

"Nej, bare jeg kunne. Men det en af de ting, jeg bruger min tid på. Jeg søger svar på så mange spørgsmål."

"Hvor mange andre spørgsmål har du da?"

"Mange, Sivert. Mange. Men kan du ikke selv komme i tanker om nogle flere?"

Sivert anstrengte sig. Han samlede kruset op, fyldte det med vand igen og drak. Diget, tænkte han pludselig. Der er noget med diget.

"Diget," gentog han højt. "Stendiget."

"Ja, diget," gentog ræven langsomt. Hans sorte øjne spillede. "Nemlig. Diget. Og hvad er der så med diget?"

"Ja, det ved jeg ikke. Men da jeg kom fra marked forleden dag, kom jeg i tanker om, at min far gerne ville have det gjort færdigt. At det var ret vigtigt for ham. Men jeg har ikke fået det gjort endnu. Jeg må vel se at få det lavet færdigt, om det så kun er for hans skyld. Det ville også se bedre ud, hvis det var helt færdigt."

"Ja," sagde Ansiger eftertænksomt. "Jeg har spekuleret over det dige. Dine forældre ville gerne have gjort arbejdet færdigt. Men jeg har undret mig over, hvad det skulle være der for. Dine forældre satte jo ikke kvæget der hen i nærheden særlig tit, vel?"

"Det var vel, fordi det ikke var færdigt?"

"Måske. Men på de marker, hvor det VAR færdigt, kom køerne heller ikke særlig tit. Der havde I jeres får, som du stadig har, men et hegn kunne have gjort lige så god gavn."

"Det betød måske ikke noget."

"Eller også betød det netop noget. Da du var mindre, overhørte jeg ofte samtaler mellem dine forældre, uden at de vidste, at jeg hørte med. De sagde mange underlige ting, som jeg ikke forstod, og noget af det er det, som jeg prøver at finde ud af i dag. Blandt andet sagde din mor ofte: "Bare det dige dog snart var færdigt, så ville jeg føle mig mere tryg." Og din far kunne sige: "Ja, det er sandt, min ven. Men vi kan ikke overkomme at gøre det hurtigere, end vi gør.""

Sivert så undrende på ræven. "Det er noget mærkeligt noget, du siger, Ansiger. Måske skulle jeg virkelig skynde mig at lukke hullet."

"Jeg ved det ikke," svarede hans ven. "Men diget går kun langs med udmarken, har du tænkt på det?"

"Jeg har i hvert fald aldrig syntes, at det var mærkeligt," sagde Sivert. "Hvis bare jeg ikke havde været så mutters alene, ville jeg måske få mere arbejde fra hånden. Hvis man var to ... som min far og mor. Måske var der så mere glæde ved det ... "

"Nå, så kom DET." Ansiger gav et lille pudsigt suk fra sig. "Men når pigen rykker ind, så må vennen rykke ud."

"Ansiger dog!" Sivert rejste sig for at give ræven et dask på skrømt, men den lille røde skikkelse var allerede uden for rækkevidde, hoppet fra bænken ned på gulvet. "Du er for langsom, Sivert!" lo den og viste alle sine hvide tænder. "Men for mig er det helt sikkert en sørgelig ting, hvis du forelsker dig."

"???"

"Så kan du kun tænke på pigen, dag og nat, og måske glemmer du mig."

"Men har du da besøgt mig og hygget om mig den sidste lange tid, dag og nat?"

"Dér fik du mig, Sivert. 1-0. Nej, det har jeg ikke. Og du tror mig næppe, når jeg siger, at jeg også arbejder for dig."

"Det er i hvert fald svært at forstå, hvis det er rigtigt, Ansiger. Men jeg tror ikke, du lyver for mig."

"Nej, det kan du altid regne med."

"Men mit problem, min lille røde ven, er, at jeg ingen piger kender."

"Det må jeg sige!" Ansiger var oprigtigt forbløffet. "Du kender da dem inde i landsbyen."

”Åh, dem.” Sivert viftede lidt hånligt med hånden. ”Der er ingen der, som jeg kunne falde for. Og desuden ville ingen af dem vel flytte herud – til alt det forfærdelige, som skal være herude.”

”Du forbløffer mig, Sivert,” sagde Ansiger og lo. ”Her gik jeg og troede, at der var aldeles tomt i dit kønne lyse hoved, og så har du sørme tænkt helt op til flere tanker!”

”Åh!” Sivert kastede en brødskorpe efter ræven, men kunne ikke lade være med at le.

Det var i mellemtiden mørknet så meget, at de to venner nu gik ud på terrassen for at se på aftendanserne. Under det sælsomme skue vendte Sivert sig pludselig mod Ansiger. ”Du må da have truffet mange og set meget på dine ture. Rævedamer? Og måske ... ?”

Ansiger vendte lyttende ørerne imod ham uden at tage blikket fra de lysende figurer.

Sivert kom lidt famlende videre: ”Måske har du set ... piger? Måske anderledes end dem i landsbyen? Nogen som – som ... ” Sivert manglede ord.

Nu tog Ansiger blikket fra aftendanserne og så på Sivert. ”Du er det eneste menneske, som kender min hemmelighed, og som jeg stoler på. Andre mennesker holder jeg mig langt fra. Jeg kan ikke komme i tanker om andre piger end dem i landsbyen. Men jeg vil gerne love dig at holde øjnene åbne fra nu af. Og til det, som du først var inde på: jo, jeg kender et par rævedamer, som du siger.

Men vi går ikke sammen og hygger om hinanden hver dag. Det er anderledes med ræve."

Næste morgen tog Ansiger af sted igen.

"Kunne du ikke være blevet lidt længere?" spurgte Sivert sørgmodigt.

"I virkeligheden har jeg faktisk travlt, ven Sivert," sagde ræven. "Men jeg håber på et snarligt gensyn! Adjøs!"

Og væk var han i det høje sommergræs.

Kapitel 4: En sten flyttes

Da Ansiger var taget af sted, tog Sivert sig sammen. Han stod tidligt op hver dag, og i de kølige morgener begyndte han at køre sten til diget. Under én af turene lod han vognen stå på engen og lod Immerfro græsse, mens han selv tog en afstikker op til den runde dal med de sorte sten.

Det var vist et par år siden, at han sidst havde været her. Dalen var lige som skrumpet ind – eller også var han selv blevet større. Alligevel var dalen stor. Tågen lå som sædvanligt fint over det hele.

Langsomt gik Sivert ind i dalen og indåndede den kølige friskhed. Trådte stille i det fugtige sumpede græs og gik forsigtigt uden om stenene. Hvor var her stille og fredeligt.

Henne i kanten af dalen var der faldet et klippestykke ned. Sivert gik derhen. Det var faldet lige ned på en af de sorte sten og havde knust den. Omkring den store nedfaldne blok, lå der en hel del små sorte stumper. Nysgerrigt prøvede Sivert at samle en af dem op. Den smuldrede til støv imellem hans fingre. Alligevel føltes det ikke som en overtrædelse af hans stumme løfte fra drengeårene om aldrig at ville røre ved de sorte sten, fordi de derved måske ødelagdes. Denne her var jo ødelagt i forvejen.

Forsigtigt prøvede han igen med en anden. Det gik lige sådan. Men et tredje stykke var anderledes. Det smuldrede ikke, men sad til gengæld fast og lod sig ikke tage op. Da han slap det igen, havde det mærker efter hans fingre, sådan som han huskede stenen fra hans barndom. Eftertænksomt stirrede Sivert på mysteriet. Et ønske havde formet sig i hans tanker. Nu var spørgsmålet kun, hvordan han fik det opfyldt. Han ville have den ituslåede sten med sig hjem til gården.

Sivert gav sig til at gå igen. Alle mulige måder til at få stenstykkerne hjem på passerede igennem hans hoved, dog indtil videre uden at nogen blev fundet værdige til en grundigere overvejelse. Mens han sprang over klippestykkerne i dalbunden, så han også for sig det brusende vandløb om foråret, når vandet skummede og fossede rundt om alle fremspring. Pludselig kom det til ham. Vand! Vand måtte være hans løsning! De sorte sten stod jo og soppede i vand hele året rundt! Om foråret næsten dækket af vand, og resten af året, var han sikker på, stod de sikkert så dybt, som den sten, han ikke kunne rokke, at de i den sumpede dal altid havde vand 'om fødderne'. De var måske slet ikke sten, men en slags planter? Sivert følte jublen gennemstrømme sig. Han havde løst problemet! Han ville kunne flytte stenene! Han VIDSTE, at han ville kunne det. Åh, hvorfor var Ansiger her ikke, så han havde én at fortælle det til?

Nu kunne det ikke gå hurtigt nok. Hjem efter spande. Vand kunne han tage fra et af sumphullerne derude. Da han igen stod foran den knuste sorte sten med sine vandspande, tøvede han dog et øjeblik. Hvordan fik han de løse stykker op i spandene, uden at de smuldrede for ham? Atter havde han svaret, næsten inden han havde stillet spørgsmålet. Han skulle selvfølgelig hælde vand på først!

Da vandet i en tynd forsigtig stråle ramte det støvet udseende sorte materiale, blev det først mørkere, hvorefter det svulmede lidt op og spændtes i strukturen. Og Sivert vidste, at han havde gættet rigtigt, og at stenen nu var hans. Da han havde overhældt alle de løse stykker, måtte han hente nyt vand, men så kunne han også samle femten små og store stykker op, uden at de smuldrede mellem fingrene på ham.

Inden aften havde han 'plantet' dem i baljer helt nede ved bækken, der løb bag huset. Der ville han kunne se dem fra terrassen, men være i god sikkerhedsafstand, hvis de en dag skulle lave noget af himlens ild. Fra bækken havde han ført tynde rør hen til baljerne, så de aldrig ville mangle vand. Da han den aften havde sørget for sine dyr, satte han sig forventningsfuld ud på terrassen. Men da han så den første grå tåge krybe frem fra baljerne, turde han alligevel næsten ikke tro sine egne øjne. Nede for enden af hans have, lige der, hvor han boede, bølgede nu i lillebitte udgave de lysende skikkelser og figurer fra den store dal. Selv om de kun dansede kort, før de sank sammen igen, vidste Sivert allerede, at det ville blive flottere og vare længere, når stenene rigtigt var 'kommet sig' oven på flytningen.

Og han fik ret. Hver aften kunne han glæde sig over sit stadig smukkere panorama.

Kapitel 5: Sivert hører om heksen

Dagene gik. Løvet på frugtbuskene og træerne omkring Siverts gård blev mørkere. Ribsene rødmede, kvæget og fårene blev federe. Sivert arbejdede stadig på stendiget, men det var et langsommeligt arbejde med de tunge sten, der skulle hentes fra dalbunden, og på den varmeste tid af dagen ville han ikke arbejde så hårdt. Så lagde han sig i skyggen og så ud over sine kornmarker – ofte med sin gamle hvide kat på skødet.

En dag kom Ansiger igen. Han kom småløbende en eftermiddagsstund og så træt og tynd ud under den pjuskede pels.

"Hør!" gispede han, endnu inden han var nået hen til huset. Sivert, der havde set ham komme og var gået ham i møde, bøjede sig ned og, trods rævens forpustede protester, løftede han ham op og bar ham det sidste stykke. I køkkenet hældte han vand op til sin ven, der grådigt drak. Men straks efter talte Ansiger igen.

"Tak, min ven," sagde han. "Nu skal du høre. Vidste du, at dine forældre havde en aftale med heksen i Skovlandet bag bjergene mod syd?"

Sivert rystede på hovedet. Han vidste overhovedet ikke, at der var en heks der.

"Jeg har været i Skovlandet, og der hørte jeg rygter. Til sidst lykkedes det mig ved en vens hjælp at komme til at lytte til en samtale mellem heksen og hendes ravn. Min ven væselen viste mig et skjul oppe under heksens tag, hvor jeg kunne komme op – selv om det var meget vanskeligt. Deroppe lå jeg i to dage og lyttede, og af det, som jeg hørte, forstod jeg, at alt det, som jeg havde hørt rygter om, var sandt."

Mens ræven talte, havde Sivert stilfærdigt fundet en fårekølle frem og lagde den nu foran sin ven. Denne tog straks, nærmest i tanker, en stor luns, som forsvandt i en utrolig fart, og fortsatte med at fortælle, mens fårekøllen umærkeligt skrumpede mere og mere ind.

"Heksen sagde til ravnen: "Nu har jeg snart ventet længe nok. Hvis den fløs tror, at han alene ikke skal købe min fred, så skal han lære min ufred at kende! Hvornår kan du snarest flyve, ravn?"

"Når månen er fuld efter midsommer," svarede ravnen.

"Ja, ja, det er udmærket. Ikke vente længere, så andre kunne tro, at jeg var gået hen og blevet svag. Nu har jeg også længe nok manglet den ko, som hans forældre gav mig hvert år." Ansiger gav sig tid til at tygge lidt af munden.

Så fortsatte han: "Min ven væselen fortalte mig, at alle dyrene i skoven giver heksen noget med jævne mellemrum af frygt for hendes vrede. På den måde lever hun fedt og godt. For eksempel får hun mus, egern og fugle, som hun æder."

Sivert stirrede forbløffet på Ansiger. "Hvad er det, du siger!" udbrød han forbløffet. "Gav mine forældre en ko til en heks hvert år? Jeg tror, mine ører falder af!" Og han tog sig til hovedet.

"Du SKAL tro det, Sivert," sagde Ansiger alvorligt. "Og du skal skynde dig at tro det, for jeg har mere at fortælle endnu!"

"Jamen, hvorfor vidste jeg det ikke? Jeg har da aldrig lagt mærke til, at der skulle være forsvundet en ko hvert år!"

"Sikkert fordi du var et barn. Du holdt vel heller ikke regnskab med kvæget, vel? Når dine forældre slagtede, slagtede de så én eller to?"

"Jeg skal ikke kunne sige det, Ansiger. Jeg mener kun, at de slagtede én."

"Måske forsvandt der to fra flokken, og kun den ene blev slagtet her?"

"Ja, ja, så siger vi det. Fortæl bare videre, alt det værste, du har fundet ud af, for værre end dette her kan det næppe blive. Men er det sandt, så bedrøver det mig, at jeg ikke har fået det fortalt."

"Også mig, Sivert. Du er nemlig i den kedelige situation, at heksen tror, at du ikke VIL betale hende, siden du ikke har gjort anstalter."

"Hvilke anstalter skulle jeg da have gjort?"

"Du skulle vist her ved midsommer have sat en kvie et bestemt sted, og så ville heksens ravn komme og hente den."

"Nå!"

"Og da du ikke har gjort det, kan du vente besøg af heksens ravn hvert øjeblik, det skal være, for den og heksen blev enige om at true dig, når månen var fuld igen efter midsommer. Og du ved selv, hvordan månen ser ud nu."

"Ja, så sent som i går aftes stod jeg dumrian og glædede mig over den."

"Ravnen kan komme, hvornår det skal være. Jeg ved ikke, om din gård ligger på heksens jord, eller om hun bare kræver told, fordi hun er nabo. Men hold vagt, Sivert. Lad dig ikke overliste. Jeg vil gerne sove lidt. Jeg har løbet så langt, men så snart jeg har hvilet mig bare et par timer, så er jeg klar igen ved din side." Og ræven rullede sig sammen på køkkengulvet, lagde hovedet på forpoterne og lukkede øjnene.

Sivert, der havde været i gang med at vaske noget tøj, kunne pludselig ikke fortsætte med det, som om intet var hændt. Han gik udenfor og spejdede mod syd. Det var klart vejr med enkelte hvide sommerskyer. På sine marker så han sit kvæg, otte køer og fire kvier. Han havde lært at lave ost af mælken, og hans ost solgte godt på markedet i landsbyen. I en indhegning for sig selv stod tyren fredeligt og græssede. På bjergskråningen bag ved gik hans får, som slet ikke var så få, og i øjeblikket myldrede det med halvstore lam. Hans hvide kat sad på en sten og slikkede sol. Havde det ikke været for ensomheden, havde han været en misundelsesværdig mand. Men nu var der dukket dette, dette problem op, noget så uhørt, at han vægrede sig ved at tro det – uden at han dog i virkeligheden et eneste øjeblik tvivlede på sandheden i det, som Ansiger havde fortalt ham. Nu huskede han også svagt, at der faktisk HAVDE været en del kvier, der var 'blevet borte i sumpen', som hans far havde sagt. Men det var ikke noget, som han havde spekuleret særligt over. Det havde vel været naturens lov. Men der var, sjovt nok, ingen af HANS kvier, der var 'blevet borte i sumpen', efter at han var blevet alene.

Uroligt blev han ved med at spejde mod syd.

Kapitel 6: Ravnen kommer

Det var blevet meget sent på eftermiddagen. Sivert havde sørget for frisk vand til sine dyr og var bagefter gået i gang med at malke. Da han var færdig med det og med spandene gik op mod huset, så han pludselig den store sorte fugl på taget. På trods af at han hele eftermiddagen med jævne mellemrum havde skottet mod syd, havde han alligevel ikke set den komme.

Forbløffet kiggede han nok engang. Så stor en fugl havde han aldrig før set.

"Goddag, unge mand!" skrattede ravnen, da den så, at Sivert havde opdaget den. "Byder du mig ikke inden for til en tår mælk?" Med et par majestætiske vingeslag dalede den ned på græsset foran Sivert. Ansiger, der var vågnet ved den første lyd af ravnens stemme, sprang ud af køkkenvinduet og rystede kraftigt på hovedet bag ravnens ryg.

"Jeg byder kun den ind i mit hjem, hvis ærinde jeg kender," sagde Sivert. "Hvem er du?"

Ravnen så vist på Sivert. "Så du kender mig ikke? Så er du den eneste i syv gange syv miles omkreds, der ikke gør det. Men I mennesker har altid været noget for jer selv." Den spankulerede et par skridt og vendte hovedet på skrå og så på Sivert. Ansiger var forsvundet bag huset.

"Jeg er budbringer for en stor magt i Skovlandet mod syd," sagde ravnen så. "Hvis du giver hende en fedekvie hvert år, vil hun vise sin godhed og ikke lade sin vrede ramme dig."

Sivert, der kæmpede med at tilbageholde sin vrede, fik pludselig en idé. Om det så skulle koste ham gård og det hele, ville han ikke godvilligt afgive en kvie til skovheksen hvert år. Solen var sunket i vest, og en svag grå tåge var begyndt at sive ud fra de små sorte sten for enden af hans have. Sivert gik derned, mens han slog ud med armene og sagde: "Her har mine forældre boet, og nu bor jeg her. Jeg har aldrig hørt om den heks, som du taler om. Og jeg kender et stort stykke land her omkring." Igen slog han ud med armene, mens han trådte over stenene og ligesom viste ravnen dalen.

Denne var halvt fløjet, halvt hoppet efter ham, og stod nu på en af de sorte sten, mens den opmærksomt fulgte Siverts udredninger. "Hvordan skal jeg forstå det, som du siger?" spurgte den.

"Du skal forstå det sådan, at jeg spørger, hvad nu, hvis jeg siger nej?"

Ravnen hoppede fra den ene sorte sten til den anden. "Hvis du siger nej, så vil du få hendes vrede at føle!" Den hidsede sig lidt mere op og tilføjede i en skinger tone: "Så vil dine dyr dø, dine marker vil visne, dit hus vil falde ... " Forpustet holdt den inde for at finde på mere at sige. Omkring dens fødder havde den grå tåge fortykket sig. Sivert så det og skyndte sig at sige noget for at afholde ravnen fra at flyve.

"Jeg vil give dig en besked med hjem til din herskerinde," sagde han.

"Jaså," sagde ravnen. Gennem det grå tæppe gik der nu en iling af lys. Ravnen så det og hoppede lidt tilbage, mens den lyttede til Sivert.

"Du kan sige til hende, at hun ikke kan true mig. Jeg er ikke bange for hende." Sivert gjorde en pause for at vinde tid.

"Er du ikke bange for hende?" skrattede ravnen og lo hæst. "Den var go'! Nu tror jeg dig virkelig, når du siger, at du ikke kender hende!"

Bag den og til siderne rejste der sig nu pludselig to grå skygger, der hurtigt skiftede farve til ildrødt. Sivert råbte: "Sig til hende, at hvis hun vil have noget af mig, må hun give noget i bytte!" Han håbede, at ravnen havde nået at høre det, for den var fløjet op i forskrækkelse over de svajende figurer, der pludselig havde omringet den.

"Skraak!" skreg den. Det gik pludselig op for Sivert, at den ikke kunne komme væk. Den flaksede og baksede, men sad som i en usynlig fælde mellem de glitrende røgfigurer. Selv om de ikke var så store, var de åbenbart stærke. Nye figurer rejste sig, og de første lagde sig. Siverts aftenpanorama var i gang. En lille giftiggrøn lyseksplosion fik alle ravnens fjer til at stritte ud i luften, og den skreg ikke mere. Dens stive krop bølgede med, frem og tilbage i luften på en uhyggelig måde. Sivert blev bange. Han havde villet give den en forskrækkelse, og nu havde lynilden måske slået den ihjel. Ansiger, der nu var kommet hen til ham, havde hurtigt fattet situationen og gemte sin forbløffelse over Siverts idé med stenene til senere.

"Du slår ham ihjel," sagde han. Sivert tænkte sig fortvivlet om. Han vidste jo alt for lidt om sine lys til, at han kunne beherske dem, endsige slukke dem. I tavs forfærdelse så Ansiger og han lysfigurerne danse deres dans til ende med deres tavse dansepartner.

Da figurerne endelig havde lagt sig, styrtede Sivert frem og greb ravnen, inden den faldt til jorden. Øjeblikkeligt fik han igen det fra barndommen kendte rap, denne gang over benene. Hurtigt var han væk igen med ravnen i sine arme. Den lignede en forpjusket fjerkost, og øjnene var lukkede. Men da han bar den op mod huset, mærkede han til sin usigelige lettelse dens hjerte slå og varmen fra dens fuglekrop brede sig til hans hænder. Forsigtigt lagde han den på køkkenbænken. Den så stadig livløs ud. Ansiger var fulgt efter.

"Det er en ond fugl," sagde han. "Vi burde ikke have ham i huset."

"Lige meget," sagde Sivert. "Jeg ønsker ikke at slå ham ihjel."

De blev begge stående og så på ravnen uden at turde forlade den. Efter et stykke tid slog den pludselig øjnene op. Langsomt så den sig om i køkkenet. Så fik den øje på Sivert og Ansiger. Nogle uforståelige lyde kom ud af dens næb, og den prøvede besværligt at rejse sig. Men den var for svag og faldt tilbage på bænken.

Sivert gik hen til den og strøg den over fjerene. "Du lever, din ulykkesfugl," sagde han. "Nu skal du få lidt mælk at drikke, så du kan komme dig."

"Mælk!" kvækkede ravnen forbløffet.

Sivert hentede mælk og hjalp den med at drikke. Den drak meget og grådigt.

"Hvis du er for svag til at flyve hjem, så hvil dig her til i morgen. På trods af dit onde budskab vil intet ondt ramme dig i mit hus."

Med Siverts hjælp fik ravnen sig bakset op at sidde mod væggen. Dér sad den, uden kræfter til at flyve. Efter endnu et blik på Sivert og Ansiger gav den op, stak næbbet ind under fjerene og lukkede øjnene.

Ræven og Sivert stod lidt og så på den. Til sidst foreslog Sivert, at de skulle få sig lidt aftensmad.

Kort efter sad de uden for på terrassen over brødet og lammeskinken. Her kunne de tale sammen, uden at ravnen hørte dem, hvis den skulle vågne.

"Jeg gad vide..." sagde Ansiger eftertænksomt, mens den gumlede på en stor luns.

"Hvad?" spurgte Sivert.

"Hvad ravnen siger, når han har hvilet sig og tænkt sig om. Enten er han ædende ond, fordi du lokkede ham til at stå midt i lystågen, eller også er han taknemmelig, fordi du ikke slog ham helt ihjel."

"Ja, det får vi tids nok at vide," sagde Sivert.

De spiste videre, og da de havde spist, gik de til ro. Sivert i soveværelset, fuldt påklædt, og Ansiger på vagt foran køkkendøren.

Tidligt næste morgen vågnede ravnen. Ved dens første bevægelse var Ansiger på benene. Med et skarpt bjæf vækkede han Sivert, der sov let. "Din gæst er vågnet!" forkyndte ræven højlydt.

Ravnen var hoppet ned på gulvet, da Sivert stod i døren.

"God morgen," sagde ravnen.

"Selv god morgen," svarede Sivert. "Hvordan har du det i dag?"

"Udmærket," sagde ravnen. "Og jeg takker for mad og husly. Det vil jeg ikke glemme dig, Sivert bonde, at du ikke slog mig ihjel. Nu vil jeg flyve hjem til min herskerinde og fortælle hende, at du er stærkere, end hun troede, og foreslå hende en byttehandel. Hvad ønsker du i bytte for en kvie hvert år?"

"En kone," mumlede Ansiger. "Det eneste, han ønsker sig, er en kone."

"Vrøvl," sagde Sivert lidt irriteret. Han tænkte sig lidt om. "Kan du ikke spørge din frue, hvad hun kan tilbyde? Som min ven her lige har sagt, så ønsker jeg mig egentlig ikke noget."

Ravnen så opmærksomt fra den ene til den anden. "Jeg ved," sagde den så, "at min herskerinde laver visse drikke, som er gode mod sygdom. Måske var du interesseret i det?"

"Jaeh," sagde Sivert. "Ja, det kunne jeg være interesseret i."

"Hun har også drikke, der ... jeg mener, hvis du har en uven?"

"Selv om jeg havde, så ville jeg aldrig give ham sådan en drik," sagde Sivert bestemt.

"Nå, nå, godt ord igen." Ravnen baskede lidt med vingerne. "Men så vil jeg tage afsted igen med den besked. Vent mig ikke tilbage før om en uges tid." Og uden yderligere afskedsord hoppede den ud af køkkenet og lettede fra stentrappen. Både Sivert og ræven gik uden for i det klare morgenlys og så efter den store fugl, lige indtil den forsvandt i disen over dalen mod syd.

Så smuttede Ansiger af sted for at finde sig en lun plet, hvor han kunne få den søvn, som han ikke havde fået om natten. Sivert gik med malkespanden ud til sine ventende køer.

Kapitel 7: På vej til heksen

Så gik dagene, og en dag kom ravnen igen. Ansiger var blevet hos Sivert for at være ved hans side, når den store fugl atter viste sig.

Det var en tidlig formiddag, og Sivert var færdig med at sørge for dyrene og sad nu selv og spiste. Han sad på terrassen uden for huset på sydsiden og holdt øje med himlen over dalen, som han havde fået for vane siden ravnens besøg. Og i dag så han den sorte prik, som han ventede.

"Ansiger!" råbte han. Ansiger kom springende rundt om hushjørnet. Sammen så de ravnen lande på græsset foran dem.

"Godt nyt?" råbte Sivert.

"Godt nyt," svarede ravnen.

"Så byder jeg dig fløde." Sivert rejste sig og gik ind og hentede en skål fløde fra fadeburet. Ravnen drak tørstigt det alt sammen.

"Du burde finde dig en bonde at bo hos, så glad du er for fløde!" sagde Sivert smilende. Ravnen lagde hovedet på skrå. "Er det et tilbud?" spurgte den.

Sivert rystede på hovedet. "Desværre. Det tror jeg alligevel ikke, at jeg tør! Nogen hundekunster har du vel lært hos din frue, og hun bliver sikkert rasende, hvis hun mister et trofast sendebud!"

"Så sandt," sagde ravnen selvtilfreds. "Men det var så afgjort en mulighed, jeg ville overveje, hvis omstændighederne ændrede sig. Fløde hver dag!"

"Fortæl mig nu, hvilken besked du har til mig," sagde Sivert.

Ravnen pustede sig op. "En indbydelse!" skrattede den. "Min frue indbyder Sivert Bonde til at besøge sig, så de kan tale om tingene!"

Sivert stirrede overrasket på ravnen. Meget havde han været forberedt på, men ikke dette. Forsigtigt skævede han til Ansiger. Han havde ikke spor lyst til at besøge heksen – men kunne han slippe for det? Ansiger kom ham til hjælp. "Min ven kan ikke så godt forlade dyrene," sagde han.

"Det er kun for en dag, så det kan han nok," sagde ravnen. "Men du er bange for baghold, ikke Sivert?" Af bar drillesyge gjorde den et fornøjet hop, og solen glimtede i dens sorte fjer. "Men vær ikke bange. Min herskerinde er ikke sikker på, hvor stærk du er, så hun holder sig på måtten. Der vil ikke ske dig noget – det har du både hendes og mit ord for."

Sivert så tvivlende på ravnen. Turde han lægge sit liv i denne fugls kløer? Efter en kort overvejelse traf han sin beslutning. "Det er i orden," sagde han. "Hvornår passer det hende, at jeg kommer?"

"I dag er udmærket," sagde ravnen. "Jeg kan flyve dig derhen og bringe dig tilbage inden aften."

"Du kan da ikke bære mig!" udbrød Sivert.

"Og hvad med mig?" kom det fra Ansiger. "Jeg vil gerne følges med min ven."

"Kan jeg bære en kvie, kan jeg også bære jer," sagde ravnen roligt. "Det skal I slet ikke bekymre jer om."

Forundrede så Sivert og Ansiger nu ravnen puste sig op og skratte nogle ord, de ikke forstod. Med ét blev den dobbelt så stor som Sivert. Både han og ræven trådte forskrækket et skridt tilbage. Men ravnen var stadig venlig.

"Kravl op på min ryg, begge to," sagde den. "Så letter vi!"

Sivert og Ansiger så på hinanden. Så kravlede Sivert beslutsomt op og Ansiger bagefter. Den sidste med det mest komisk betuttede ansigtsudtryk, Sivert nogensinde havde set i hans lille rævefjæs.

De krydsede dalen lavt. De fløj hen over det smalle skovbælte på dalens nordside, hvor Sivert hvert efterår plejede at samle svampe og nødder. Han kom pludselig i tanker om nogle nødder, som han havde i lommen. Det var de sidste, der var tilbage fra efteråret, og han havde taget dem i lommen for at gå og småspise dem i dagens løb. Nu tænkte han, at det var al den proviant, de havde fået med, og til Ansiger var der slet ikke noget.

Nu var de nået til de stejle bjergskråninger. Ravnen begyndte at flyve langs med dem uden at stige i højden, og Sivert undrede sig. Men med ét mærkede han en kraftig luftstrøm slå op imod sig nede fra. Det var åbenbart den, som ravnen havde søgt, for nu steg den hurtigt uden vingeslag, og den stærke luftstrøm bar både den og dens byrde til vejrs som en fjer.

”Du er en klog fugl, ravn!” råbte Sivert. ”Vidste du, at denne luftstrøm ville være her?”

Ravnen drejede hovedet, mens de stadig steg. ”Den er her altid,” sagde den. ”Jeg bruger den altid, når jeg flyver her.”

De steg og steg, og over bjergkæden fandt ravnen en ny luftstrøm, der igen bar dem et langt stykke. På den anden side af bjergkæden dalede ravnen langsomt ned og landede på et lille klippeplateau halvvejs nede af bjergskråningen. På den ene side af plateauet rislede en bjergbæk muntert og en duft af muld og ozon slog dem i møde.

”Er du træt, ravn?” spurgte Sivert.

”Ja, jeg er træt,” svarede ravnen, ”men ikke af at flyve med jer.” Den lempede sine passagerer af og pegede på bækken, hvor den selv gik hen og drak.

Sivert puffede til ræven. ”Nå, Ansiger!” sagde han. ”Nu har du prøvet at flyve! Hvad synes du om det?”

Ansiger, der under hele turen havde siddet og klamret sig til Sivert med et sammenbidt ansigtsudtryk, sukkede dybt. Så rullede han sig på jorden et par gange. ”Jeg har lyst til at løbe det sidste stykke vej,” sagde han.

”Der er måske ikke så langt?” spurgte Sivert.

44

"Længere for dig end for mig," sagde ræven. "Jeg er fremme om et par timer."

"Så vil jeg vente på dig uden for heksens hus," sagde Sivert. Han og Ansiger drak nu også af bjergbækken. Så slikkede Ansiger sig om snuden og forsvandt ind i skovtykningen. Sivert mærkede sig retningen.

Ravnen kom nu hen til Sivert. "Frygt intet ondt fra mig," sagde den pludselig. Forbavset vendte Sivert sig om. Ravnen fortsatte: "Du har givet mig fløde og venlighed, selv om jeg ikke havde fortjent det. Du lod mig sove i dit hus. Jeg ved ikke, hvor stærk du er, men jeg har fået den tanke, at det var et uheld, at jeg kom ind i lyset den aften. Jeg tror ikke, at du i virkeligheden er herre over de lys."

Sivert prøvede at lade være med at se så urolig ud, som han følte sig ved ravnens ord.

"Men min herskerinde tror det," blev ravnen ved, "for det har jeg fortalt hende. Den ene tjeneste er den anden værd, ikke? Nu spørger jeg dig, hvilke forholdsregler har du taget, nu du skal møde denne skovs hersker?"

Sivert tav og så ned i jorden.

"Altså ingen," sagde ravnen. "Det tænkte jeg nok. Du er ikke så klog, som du lader. Du har godt nok fået mit ord og hendes på, at der ikke vil ske dig noget – men stol aldrig på hende. Hun vil prøve at overliste dig på anden vis."

Sivert sagde: "Hvorfor skal jeg stole på dig, når jeg ikke må stole på hende? Du er tjener for en ond herre."

”Ja, ja,” sagde ravnen. ”Det er rigtigt nok. Men jeg kan godt lide dig. Du kryber ikke som alle de andre. Og så har du sådan en dejlig fløde. Derfor vil jeg hjælpe dig. Så må jeg også godt komme en gang i mellem og få fløde, ikke?”

”Det må du,” sagde Sivert, mens han spændt ventede på fortsættelsen.

”Nu skal du høre.” Ravnen plukkede en fjer af sig selv. ”Pas godt på denne fjer. I den har jeg gemt en stor kraft til dig. Af den tryllekraft, som jeg fik for at kunne hente dig, er det meste stadig i denne fjer. Noget af kraften har jeg ganske vist brugt, men mest mine egne kræfter og vindens. Så du HAR ret i, at jeg er træt nu, men det er noget andet, som jeg er træt af. Nemlig aldrig at blive belønnet ordentligt for mine tjenester. Men hør nu videre: Hvis du bliver bange i heksens hus og pludselig gerne vil hjem, så pust på fjeren og ønsk dig hjem. Så er du hjemme, før du aner, og det, du holder fast på, følger med dig. Og lige en ting til: Spis eller drik ikke noget i min herskerindes hus. Ellers vil hun få let spil med dig.”

”Jeg ved ikke, hvordan jeg skal takke dig, ravn,” sagde Sivert taknemmeligt og gemte fjeren i den lomme, som han ikke havde nødder i. ”Du skal i hvert fald altid være velkommen i mit hus, også hvis du er i knibe.”

Så kravlede han igen op på ravnens ryg, og den lettede for at flyve det sidste stykke vej hen over skoven.

Kapitel 8: Elena

Foran heksens hus fik ravnen igen sin naturlige størrelse. Den var landet i en lille lysning foran et forunderligt sammensurium af grene, sten og mosdækkede tuer. Det var lige så stort som Siverts hus derhjemme, men noget så mærkeligt og rodet havde han aldrig set før. Mens de ventede på Ansiger, havde han god tid til at betragte det. Han lagde mærke til, at heksen havde adskillige småfugle i bure, der hang på de krogede grene, der stak ud allevegne. I et af burene sad der to firben, i et andet en snog. Foran noget, der godt kunne ligne en udgang, sad en væsel og stirrede stift på dem.

”Tror du, hun ved, at vi er kommet?” hviskede Sivert utilpas til ravnen.

”Sikkert. Og hun kan ikke forstå, hvorfor vi venter her udenfor. Jeg må hellere gå ind og forklare.”

I det samme kom Ansiger strygende ud mellem træerne. ”Her er jeg!” gispede han.

Næppe havde han sagt det, før væselen gjorde en bevægelse til siden, og noget stort og uformeligt trængte sig ud af åbningen mellem sten og grene. Halvt ude rejste det sig, så ansigtet, der indtil da havde været vendt mod jorden, nu stirrede på de ankomne. Det var et grotesk ansigt, kæmpestort og dejagtigt. De bittesmå knappenålsøjne sad så dybt, at de næsten forsvandt i ansigtets hvide folder. Det gav hende et blindt og dødt udtryk, og Sivert følte kulden sive ned langs rygraden. Så talte væsenet.

"Hvorfor venter I udenfor? Er der noget galt, ravn?" Hun talte med en lav gennemtrængende stemme.

"Nej, herskerinde," sagde ravnen og gik frem. "Sivert Bonde venter på sin ledsager, Ansiger Ræv, der netop er ankommet."

"Ham har jeg ikke inviteret."

"Jeg er bange for, at min herskerinde må modtage dem begge eller ingen," sagde ravnen og bukkede.

Et øjeblik var heksen tavs. Så sagde hun: "Så lad dem komme ind begge, hvis det ikke kan være anderledes. Følg efter mig."

Baglæns forsvandt hun ind i sten- og grenhuset, og Sivert og Ansiger så nu, at hun kravlede på alle fire – eller alle seks, eller bugtede sig på maven, det var svært at se. Sivert måtte også ned på alle fire for at komme ind. Han spekulerede på, om hans forældre også havde været på besøg her, men kunne overhovedet ikke forestille sig det. Indenfor var der mod forventning lunt og hyggeligt. Også uventet rummeligt, men med en del små hjørner og kroge, undtagen et enkelt sted, hvor der foran en ild i en slags pejs af sten var bredt puder ud i en rundkreds på gulvet.

”Sæt jer,” sagde heksen og vendte sig om mod sine gæster. Netop her var der så højt til loftet, at Sivert kunne stå oprejst. Mens han fandt sig en siddeplads, bemærkede han, at heksen ikke rejste sig op, men blev ved med at bevæge sig rundt næsten på maven. Hendes skikkelse var plump og meget langagtig bagtil, men noget rigtigt indtryk af hendes krop kunne han ikke få, da hendes klædning, der så ud til at være et meget langt stykke stof, der var viklet rundt og rundt om hende, slørede skikkelsen. Men hendes krybende gang og hvide ansigt fik mest af alt Sivert til at tænke på en maddike. Han var glad for, at Ansiger var der. Ravnen blev han nødt til at stole på, men Ansiger havde været hans ven siden barndommen.

”Beværtning!” råbte heksen, da alle havde sat sig.

En ung pige kom ind med noget på en bakke og begyndte at byde rundt. Sivert sad som tryllebundet og fulgte hende med øjnene. Noget så dejligt havde han aldrig set. Hvad lavede hun dog her hos den ækle heks? Pigen gik yndefuldt rundt med bakken. Det var vin og kage, der blev budt på, og alle tog, men kun ravnen og heksen spiste.

”Hvorfor spiser I ikke?” sagde heksen irriteret. ”Er der noget i vejen?”

Sivert fik en idé. ”Vi må kun spise bær og nødder på sådan en rejse,” sagde han. ”Jeg har selv noget med.”

”Nå,” sagde heksen mistroisk. ”Ja, det må I så selv om. Ellers havde vi måske også nogle bær og nødder. Men lad dog ikke kagen ligge på jorden, Elena!" Det sidste råbte hun pludselig til den unge pige. Denne gik hurtigt hen og samlede Siverts og Ansigers kager op. De blev lagt på bakken ved siden af kanden med vin. Elenas lange kastanjebrune hår faldt blødt ned over hendes fine skuldre, og hun gik med en dansende ynde, som Sivert aldrig havde set hos nogen af pigerne i landsbyen. Han prøvede at fange hendes blik, han MÅTTE se hendes øjne, men hun så ikke på ham. Da hun gik ud med kagerne, så han pludselig med rædsel det ene kagestykke forvandles til en mus, der hurtigt pilede ned fra kagefadet og forsvandt nede ved gulvet. Forvirret tog han tre nødder op af lommen og gav Ansiger dem, for at han kunne knække dem med sine kindtænder. Ræven gav ham to tilbage og beholdt selv den sidste, som han åd, selv om det ikke var hans yndlingsspise. I det samme kom Elena tilbage. Hun så nødderne i Siverts hånd, og nu fik han set hendes øjne. Bedende så to sortbrune skinnende diamanter ind i hans, og Sivert følte sig fortabt. Hende og ingen anden skulle det være. Uden at tænke over det gav han hende den ene nød, som hun lynhurtigt slugte. En arrig hvæsen undslap heksen. Men Elena smilede til Sivert og satte sig ved siden af ham.

"Jeg ser, at du er blevet gode venner med min datter!" fnøs heksen. "Jeg havde ellers selv tænkt mig at bestemme farten. Men lad os nu tale forretning. Hvad vil du have til gengæld for at give mig en kvie hvert år, Sivert?"

Sivert, der ikke kunne fatte, at den dejlige pige, der sad ved siden af ham, skulle være heksens datter, prøvede at holde hovedet koldt.

"Ikke hvert år," sagde han. "Det er for meget, for så mange køer har jeg ikke. Jeg kan afse én hvert tredje år."

"Det var ikke meget," sagde heksen. "Jeg havde ellers tænkt mig at give dig noget virkelig godt i bytte. Men en kvie hvert tredje år er for lidt for det, jeg har at tilbyde."

Hvad mon hun har tænkt sig at give i bytte, tænkte Sivert. Højt sagde han: "Kan du så ikke give lidt mindre i bytte, for jeg KAN kun give dig en kvie hvert tredje år."

"Mit kan ikke deles," sagde heksen. "Og jeg ved, at du gerne vil have det. Men du kunne måske give MIG noget mere?"

"Hvad skulle det dog være? Et får?"

"Måske. Det var nu ikke det, som jeg tænkte på. Jeg tænkte på din lyshave. Sådan en vil jeg også gerne have her udenfor. Jeg har engang prøvet at tage nogle af de sorte sten med herhen, men der kom aldrig nogen lysfigurer ud af dem. Men du ved åbenbart, hvordan det skal gøres. Fortæl mig, hvordan man flytter de sorte sten, og Elena vil følge med dig hjem."

Siverts hjerte gjorde et hop. Hans pludseligt opståede hjertebrand var åbenbart ikke hans hemmelighed alene. Han følte sig nøgen og narret. Elena turde han slet ikke se på.

Nu sagde ravnen noget. "Herskerinde," sagde den. "Du gør Sivert Bonde genert. Han ved slet ikke, hvad han skal sige."

Heksen gnækkede. Alle så nu på Sivert. Denne prøvede at tage sig sammen og tænkte sig om. Til sidst sagde han: "Måske kan jeg lave en lyshave til dig her udenfor, men jeg må selv prøve at sætte stenene, for det er ikke så let. Men, øh, angående Deres datter – så ved jeg ikke rigtigt …"

Ansiger, der hidtil havde forholdt sig tavs, sagde nu: "Hvad siger den unge dame selv?"

Alle så nu hen på Elena. Hendes smukke øjne gled fra den ene til den anden og til sidst forbi dem, som om hun tænkte på noget helt andet.

"Hun kan ikke tale," oplyste heksen.

"Men hun kan vel høre?" sagde Ansiger. Elena så på ham og rakte en hånd frem.

"Hun vil have flere nødder," sagde ravnen.

"Åh, I skal såmænd ikke sidde og fodre hende hele tiden," vrissede heksen. "Hun mangler ikke noget."

Sivert undrede sig. Det var da noget underligt noget at sige. Nu turde han igen se på pigen. Hendes øjne strålede og hendes mund smilede. Han gav hende en nød. Hurtigt tog hun den, knækkede den med kindtænderne, lige som Ansiger havde gjort, og spiste den. Så lagde hun hånden på Siverts arm og så afventende på ham. Hendes berøring brændte ham som ild, og han følte alle kræfter forlade sig.

Han hørte Ansiger sige: "Sivert vil gerne have Elena med hjem. Kan han regne med, at Elena også gerne vil det?"

"Det kan du da se," sagde ravnen.

Heksen sagde. "Så er det en aftale. Sivert laver mig en lyshave og giver mig en kvie hvert tredje år. Til gengæld følger Elena med ham hjem. Ikke, Snuske?" Heksen vraltede hen til Elena og kyssede hende på kinden. Elena svarede ikke og så ned i gulvet, mens heksen kyssede hende. Ansiger puffede til Sivert.

"Du har en aftale, Sivert! Nu må vi se at komme hjemad!"

Sivert vågnede som af en døs. Elenas hånd hvilede stadig på hans arm. Forsigtigt tog han den i sin, mens hun alvorligt så på ham.

"Jamen, så tager vi afsted," sagde han grødet. "Og mange tak. Send ravnen efter mig om en uges tid, så skal jeg være parat med lyshaven. Og – øh, tak."

"Ja, ja," gryntede heksen. "Ikke noget at takke for."

Sivert, Elena og Ansiger vrikkede sig ud af heksens hytte og stod nu igen på den lille lysning. Ravnen fulgte efter dem. Et stykke derfra sad væselen og så på dem. Fra hytten hørte de med ét en dæmpet latter. Sivert så spørgende på ravnen, men den rystede på hovedet.

"Jeg kommer om en uge," nøjedes den med at sige. "God tur!"

Sivert forstod, at han skulle bruge fjeren. Han tog den frem, holdt om Elena og Ansiger, pustede på den og ønskede sig hjem. Og med en brusen var de i luften, fløj

over skov, bjerg og dal og var hjemme, inden de kunne
tælle til ti.

Kapitel 9: En lyshave til heksen

Når Sivert senere tænkte tilbage på den første tid med Elena i huset, stod det hele for ham som i en tåge. Ansiger var taget afsted, da han mente, at det ikke var nødvendigt for Sivert at have ham hos sig lige i øjeblikket. Og som forudsagt af ræven begræd Sivert ikke hans afrejse denne gang. Elena var i hans tanker dag og nat. De fandt lettere ud af det med hinanden, end han havde turdet håbe på, og selv om han tit ikke kunne regne ud, hvad hun tænkte, mærkede han nok, at hun var godt tilpas og glad for hans selskab. Kød spiste hun ikke, men gerne brød, æg, mælk og rå grøntsager. Hun var uvant med husarbejde, og Sivert måtte lære hende alt. Men hun var hurtig til at lære og gjorde villigt alt, hvad han bad hende om. Hendes tavshed generede ham ikke. Han var vant til stilheden og var lykkelig, blot hun var i hans nærhed.

En af de første dage var han taget ned i dalen for at få hentet nogle af de sorte sten til heksen. Den store kampesten, der var faldet på den blok, som han selv havde fået sine stykker fra, lå der endnu, og rundt om den var der stadig nogle mindre stykker. De stykker, der stak fast i jorden, var blevet større og var nu ved at gro ind i hinanden. Ja, ja, tænkte Sivert. En slags planter var det vel. Han vædede alle de løse små stykker, som han kunne finde og lagde dem op i spandene med vand. Så bar han dem hjem og lagde også baljer og rør klar. Nu kunne han blot afvente ravnens komme.

Efter en uges tid dukkede den sorte fugl op.

"Er du klar med lyshaven til min herskerinde, ven Sivert?" råbte den, allerede inden den var landet i græsset.

"Ikke så hurtig, ikke så hurtig!" Sivert strakte afværgende hænderne frem. "Elena!" råbte han. "Gider du ikke hælde fløde op i den skål, der står på køkkenbordet? Og så komme herud med den?"

Elenas kastanjebrune hårbrus kom til syne over den lille hæk, der afskærmede køkkenhaven. Sivert havde lært hende at luge. Hun smilede til Sivert og ravnen, mens solen spejlede sig i hendes skinnende øjne. Med lette skridt gik hun hen imod huset. Hendes skørt raslede om de bare ben. Både ravnen og Sivert så efter hende.

"Jeg kan se, at du er glad for byttet," sagde ravnen lavmælt.

"Som du dog snakker, ravn." Sivert strøg en lok hår væk fra panden. Nu var det hans blå øjne, der lyste i solen. "Sig mig hellere, hvad du mente, da du kaldte mig "ven

Sivert". Mener du, at jeg er din ven, eller er du min? Jeg var slet ikke klar over, at vi var venner."

Ravnen lagde hovedet på skrå og så på Sivert. "Nu har jeg tjent heksen i mange år. Som belønning får jeg vand og det kryb, jeg selv kan skaffe. Jeg er blevet i hendes tjeneste i håb om belønning og skræk for hendes vrede."

Den gjorde en pause. "Hos dig får jeg fløde og god behandling uden at have fortjent det. Nu har jeg lyst til at spille heksen et puds. Jeg er ikke så bange for hendes vrede længere, for jeg har luret hende ét og andet af i de år, der er gået. Jeg kaldte dig ven Sivert, fordi jeg vil betragte dig som min ven og hjælpe dig som min ven. Du er ikke særlig stærk, og alene kan du slet ikke klare heksen. Men hvis jeg hjælper dig, så får hun sit livs overraskelse. Og det kunne jeg godt unde hende, den fornærede strigle. For den løns skyld, som hun ikke har givet mig i alle de år!"

Elena var nu kommet med flødeskålen og måtte have hørt det sidste, ravnen sagde, mens hun satte skålen foran ham. Men det lod ikke til, at det hverken interesserede hende eller ophidsede hende. Alligevel udbrød Sivert: "Pas dog på, hvad du siger, ravn!"

"Se selv!" Ravnen begyndte at bøje sig ned mod flødeskålen. "Du er interesseret i mit ve og vel." Langsomt og velbehageligt begyndte han at slubre fløden i sig. Sivert stirrede forundret på ham. Til sidst sagde han:

"Lyshaven er klar, ravn. Men jeg har ikke tænkt mig at spille heksen et puds med den. Jeg stiller den op, det bedste, jeg har lært, og så vil den sandsynligvis blive lige så flot som den, jeg selv har nede i haven."

"Som du vil, Sivert," sagde ravnen. "Du vil ikke spille heksen et puds med lyshaven. Men måske vil du siden hen fortryde, at du ikke gjorde det. Eller bede om min hjælp, fordi du alligevel ønsker at hævne dig på hende."

"Hvad skulle jeg hævne?" Sivert blev mere og mere forvirret. "Jeg kan forstå, hvis DU har noget at hævne."

"Hvad ved du om dine forældres handel med heksen, Sivert? Hvad ved du om Elena? Hvorfor taler hun ikke? Og du skal immervæk af med en kvie hvert tredje år." Ravnen gjorde et hop og så indtrængende på Sivert, stadig med lidt flødeskæg i mundvigene. "Du stiller ikke mange spørgsmål, Sivert."

"Ravn, du gør mig forvirret. Kender du selv svarene på dine spørgsmål?"

"Ja, på et enkelt. En dag vil jeg fortælle dig det. men endnu kan du ikke tåle at høre det. Men tro mig, heksen er MEGET ond, og du må aldrig stole på hende." Ravnen holdt en lille pause. "Så siger vi, at du stiller lyshaven op uden fiksfakserier. Men skulle du sidenhen ønske min hjælp mod heksen, så vil jeg altid være klar. Jeg vil besøge dig og din flødeskål en gang i mellem, men skulle du få brug for mig, og jeg ikke er her, så skal du blot puste i det her lille rør." Ravnen trak et lille rør frem mellem fjerene.

"Du kan jo bære det i en snor om halsen, så har du det altid på dig."

Sivert tog imod røret, der så ud til at være af piletræ. "Tak," sagde han forbløffet. "Men tror du virkelig, at det bliver nødvendigt?"

"Man ved aldrig," sagde ravnen. "Men er du klar med lyshaven, så lad os komme af sted. Din ven ræven er her og kan passe på Elena, ikke sandt?"

"Nej, han er taget af sted. Men hun skulle da også nok kunne være alene, mens vi er væk. Der kommer jo ingen her!"

"Det ved man heller aldrig," sagde ravnen. "Det havde været bedst, hvis ræven havde været her. Men nu må vi tage chancen og tage af sted alligevel."

"Hvis du er så bekymret, kan vi så ikke tage hende med?"

"Nej, Sivert. Hvis du vil være klog, så lad aldrig Elena sætte sine ben i Skovlandet mere."

"Ravn," sagde Sivert indtrængende. "Gid du ville fortælle mig grunden til alle dine bekymringer."

"Det kan jeg ikke, Sivert." Ravnen slog undskyldende ud med vingerne. "Af den simple grund, at jeg har gættet mig til halvdelen. Når jeg får lidt flere holdepunkter, skal jeg fortælle dig, hvad jeg tror, jeg har fundet ud af."

"Nu lyder du nøjagtigt som Ansiger. Du får det til at lyde, som om der er en stor sammensværgelse i gang imod mig."

"Ikke sammensværgelse. Snarere netværk. Heksen spinder sit net, og hun ønsker, at alle skal sprælle og sidde fast i det. Også du, Sivert. Og hun har ikke ligget på den lade side. Men lad os nu lade det hvile for en stund og så få lyshaven stillet op."

Sivert så lidt på ravnen. Men da han blev klar over, at han ikke fik mere ud af den, gik han om bag huset for at hente spandene med de sorte sten og det øvrige grej, som han skulle have med. Tankerne malede rundt i hans hoved – hans forældre, Elena, ravnen – han selv ... Var de, som ravnen antydede, brikker i et spil, som heksen drev? Det var i hvert fald sikkert, at han, Sivert, ikke ønskede at være en spillebrik.

De sagde farvel til Elena. Sivert kyssede hende på panden og bad hende blive ved huset, mens de var væk. Elena nikkede alvorligt. Da de fløj, blev hun stående og så efter dem, til de var væk.

På vejen til Skovlandet forklarede Sivert ravnen om de sorte sten. "Forstår du, de skal altid være våde. De skal ligge lidt fra hinanden og altid med vand omkring sig. Det er princippet. Og de vokser langsomt. Hvis de ligger på en altid fugtig jord, vil de efterhånden også vokse ned i jorden og ikke være til at rokke derfra. Og, som sagt, hvis de altid har vand, vil de hver aften danne lysfigurer lige som i dalen og hos mig. Men lyset er farligt at røre ved. Det ved du bedre end nogen anden."

Ravnen nikkede.

Sivert tænkte lidt og sagde så: ”Det er også farligt at træde på det vand, som stenene ligger i, så længe lysfigurerne er der. Det var derfor, det gik dig så galt hos mig. Fordi du trådte på den våde jord mellem baljerne. Husk altid at holde dig til det tørre, både hos mig og ved den lyshave, som heksen får. Det skal du også fortælle skovens andre dyr.”

Ravnen nikkede igen. ”Det skal jeg gøre,” sagde den.

På den anden side af bjergene holdt ravnen, som den plejede, igen rast ved den lille bjergbæk. Han ville give Sivert en af sine fjer til at komme hjem med, lige som sidste gang, men Sivert viste ham, at han stadig havde den fra sidste gang i lommen. ”Hvor mange gange kan den?” spurgte han. ”Faktisk kun én gang,” sagde ravnen. ”Men hvis jeg puster på den, så kan den én gang til.” Og så pustede den på Siverts fjer.

”Hvordan skal jeg dog takke dig, ravn?” sagde han.

”Måske hjælper du mig en dag,” sagde ravnen.

Hos heksen blev de vel modtaget. Denne gang bød hun dem på bær og nødder, men kun ravnen spiste. Sivert følte sig fanget i en fælde, men det lykkedes ham at lade de bær, som han havde taget, falde på gulvet, uden at heksen så det. Lige så med nødderne. Da nødderne havde ligget et øjeblik på jorden, så Sivert dem, som han havde frygtet, forvandles til en lille brun mus, som forvirret løb rundt og til sidst forsvandt. Hvor bærrene lå, begyndte det pludselig at syde og boble – og så var bærrene væk, og en stor slimet skovsnegl sad der i stedet. Sivert glippede et par gange med øjnene. Sneglen begyndte langsomt at arbejde sig bort.

"Du er så tavs, Sivert," gnækkede heksen. "Bekommer bærrene og nødderne dig ikke?"

"Jo, såmænd," svarede Sivert hurtigt og skyndte sig at skifte emne. "Hvor vil du have din lyshave anbragt, frue?"

"Frue!" grinede heksen. "Ja, kald du mig bare for frue. Ravnen vil vise dig, hvor den skal være. Er du glad for min datter?"

"Det er jeg, frue. Men jeg foreslår, at jeg går i gang uden for snarest, da der er en del gravearbejde, der skal gøres, og helst inden det bliver mørkt."

"Så gå du udenfor, Sivert," sagde heksen og vendte sit blinde hvide dejansigt lige imod ham. "Dér føler du dig nok bedst tilpas."

Så gik Sivert udenfor og begyndte at grave huller og render, lagde rør ned og satte baljer i hullerne. Heksen var kommet frem i hyttens åbning og drejede ansigtet efter Sivert, hvor han gik. Sivert lod vandet fra bækken bag heksens hus fylde baljerne. Så lagde han de sorte sten i. Han forklarede heksen, at stenene altid skulle stå i vand, og at hun ikke måtte vente sig for meget i begyndelsen.

Heksen nikkede.

Så takkede Sivert af og så sig om efter ravnen. Den var

væk. Heksen var også pludselig forsvundet ind i huset. Undrende så Sivert sig omkring. Her stod han med skovl, spade, spande, sav, rester af rør og flere småting. Han tørrede sveden af panden. Skulle ravnen ikke flyve ham hjem igen?

Med ét opdagede han den væsel, han også havde set sidste gang. Dyret var listet hen i nærheden af ham. Vagtsomt holdt han øje med den. Men væselen sagde blot: "Venter du på ravnen?"

Sivert nikkede.

"Han har fået andet ærinde. Du må selv finde hjem, er jeg bange for." Væselen så udtryksløst på Sivert.

"Nå, sådan!" Sivert prøvede at beherske sin vrede. "Ja-men, så gør jeg det! Og du skal ikke hilse din frue fra mig!"

I smug fiskede han fjeren op af lommen, holdt om alle sine redskaber og pustede så på den. Et øjeblik efter var han hjemme.

Da han var forsvundet, stak heksen hovedet ud af hytten igen.

"Hm," sagde hun. "Hvis det ikke er hans egne kræfter, hvis er det så? Hvor meget mon jeg skal passe på ham?" Så lirkede hun sig baglæns ind igen.

Kapitel 10: Øyli

Da Sivert og ravnen var taget af sted, gik Elena tilbage til køkkenhaven, hvor hun igen gik i gang med at luge. Hun blev så optaget af sit arbejde, at hun til at begynde med slet ikke lagde mærke til, at det begyndte at blive tåget omkring hende. Først da den hvide dis stod omkring hende som en tyk mur, og hun begyndte at mærke køligheden, så hun forundret op. Hun rejste sig og skuttede sig. Så gik hun ud af urtehaven og søgte hen imod huset. På vejen gik hun fejl af retningen og snublede over en stendynge, som Sivert havde samlet fra haven. Hun faldt og vred om på foden. Åh, hvor det gjorde ondt! Tungt åndende lå hun uden en lyd hen over stenene, mens det jog i foden. Så prøvede hun at komme op at stå, men smerten i foden tvang hende i knæ. Langsomt begyndte hun alligevel at krybe fremad mod huset.

På de golde vidder bag stendiget gik en vældig skikkelse frem i tågen. Omridset var utydeligt. Det anedes kun, at skikkelsen var kæmpestor og kompakt. Den store skygge gled stilfærdigt frem. Pludselig stødte den på diget.

Den standsede. Det så ud, som om den undersøgte diget. Så gik den lidt frem og tilbage langs med det. Stod så stille igen. Så gik den helt hen til diget, ludede ind over det uden at gå over det og brølede.

Det var et brøl, der fik alle stenene i Siverts hus til at vibrere. Brølet forplantede sig gennem tågen ud over dalen, slog mod bjergskråningerne på den anden side, vendte tilbage, blev igen slået tilbage og rullede frem og tilbage. Før ekkoet fra det første brøl havde lagt sig, lød der et nyt, kraftigere end det første, og efter det et til og endnu et. Brølene rungede gennem dalen, så alle levende væsener standsede og stivnede i rædsel. Den rasende uforståelige buldren blev ved i, hvad der syntes at være en evighed.

Elena lå sitrende i græsset. På den anden side af bjergene hørte heksen et ekko, mens Sivert gravede, så sveden sprang ham på panden. Han hverken hørte noget eller så den hvide heks nikke veltilfreds for sig selv. Også ravnen hørte ekkoet og skævede først hen til heksen og bagefter til Sivert. Hvad den tænkte eller forstod, var ikke til at sige.

Til sidst holdt den rasende lyd op. En trykkende stilhed fulgte. Ville lyden komme igen? Men stilheden blev ikke brudt.

Den vældige skikkelse i tågen vandrede nu langs med stendiget. Langsomt og metodisk. Til sidst kom den til hullet, som Sivert endnu ikke havde fået lukket. Det gav et ryk i skyggen. Så gled den langsomt gennem hullet og stod nu på Siverts mark.

Elena mærkede de tunge skridt i jorden, før hun kunne

se noget. Huset havde hun opgivet at nå frem til. Nu trykkede hun sig i græsset og dukkede hovedet. Skridtene kom nærmere. Så fjernede de sig. Så nærmede de sig igen. Nu var de meget nær. Hun holdt hænderne over hovedet til beskyttelse. Men så holdt de tunge skridt op. Elena forstod, at væsenet var standset ganske tæt på. Forsigtigt prøvede hun at se til siden. Intet. Kun tæt tåge. Så løftede hun uendeligt langsomt hovedet og kiggede op. Noget mørkt og kæmpestort var bøjet over hende. I tågen lyste dets øjne. Det måtte være væsenets øjne, som glødede med et matrødt skær i alt det hvide. De glødende skiver var vendt mod Elena. De lyste på hende, hen over hende, igennem hende.

Men pludselig vendte skikkelsen om, syntes ikke at være interesseret i pigen. Den bevægelse, så nær på, afslørede dens omrids. Det var en kæmpestor tyr, halvanden gang så høj som et menneske. Især hovedet var vældigt. Det alene var lige så stort som et menneske, og dens horn måtte være lige så tykke som en mands lår og med spidser som syle. Tyren vendte igen hovedet mod Elena, før han gik. Hjælpeløst blev hun hypnotiseret af de røde øjne, der stirrede på hende. Da tyren endelig var væk, var der for Elena stadig to røde skiver, der stirrede på hende i tågen.

Den store tyr vandrede omkring huset og søgte. Men der var tomt over alt. Han afsøgte markerne, stødte på kvæget og fårene, som han så lidt på, hvorefter han gik videre. Ingen af Siverts dyr lod til at være bange for ham nu, hvor han gik stille omkring. Da tyren åbenbart ikke kunne finde, hvad han søgte, vendte han tilbage til Elena.

Hun lå som før uden at kunne eller turde rejse sig. Den store tyr gik langsomt hen til hende. Så talte han med en dyb brummende stemme. "Vær ikke bange. Kender du mig ikke?"

Elena rystede på hovedet. Tyren fortsatte: "Jeg er Øyli og hersker over denne dal og det store land bagved. Men jeg kommer her ikke tit. Det er nok over hundrede år siden, at jeg sidst har været her. Hvem bor i huset?"

Elena rystede på hovedet og pegede på sin mund. Umærkeligt var tågen omkring dem lettet, og solen brød igennem. Pludselig stod tyren i et solstrejf, og lyset spillede i hans blanke sorte skind. Elena fik kuldegysninger over hans størrelse og gemte ansigtet i hænderne. Øyli puffede til hende med den ene forklov.

"Min tåge letter," sagde han. "Kan du tegne med en sten? Hvor mange bor der i huset? Lav en streg for hver."

Elena nikkede og tog en sten. Så tegnede hun en streg og pegede mod bjergene i syd.

Øyli rynkede panden. "Én," sagde han. "En mand?"
Elena nikkede.

"Og er han derovre?"

Igen nikkede Elena. Så pegede hun på sig selv og tegnede en streg til.

"Og du bor her også," sagde Øyli. "Flere?"

Elena rystede på hovedet.

Øyli stod lidt og så på hende. "Lad mig se på din fod, " sagde han så.

Elena krøb lidt sammen, men lod så det vældige dyr snuse til sin dårlige fod. Det gav et ryk i hende, da han begyndte at slikke den, og havde hun kunnet, havde hun i forskrækkelse trukket den til sig. Men hun kunne ikke, og snart mærkede hun, at det gjorde godt, og at smerterne forsvandt. Snart gjorde det ikke ondt mere, og Elena prøvede forsigtigt at rejse sig. Det gik fint. Der var ingenting i vejen med foden nu. Hun blev så glad, at hun gjorde et hop og kyssede den store tyr midt på mulen. Tågen var nu helt forsvundet, og dalen lå badet i solskin igen.

Med fjedrende skridt dansede Elena op til huset. Det kastanjebrune hår kastede hun tilbage over skuldrene, mens hun småløb hen til vandposten. Her slog hun ud med armene og tilbød Øyli vand. Men tyren rystede på hovedet. Så viste Elena hen imod køkkenet, og Øyli forstod hende udmærket. "Jeg trænger ikke til at spise eller drikke," sagde han. "Men jeg vil gerne snakke med din mand, eller hvem det nu er, der bor i huset. Kommer han snart?"

Elena trak på skuldrene. "I dag?" spurgte Øyli. Elena trak igen på skuldrene, men svagere og nikkede samtidig. "Så venter jeg på ham," sagde tyren.

Han gik lidt rundt om huset og ned i haven. Elena fulgte

efter. Da han kom til lyshaven, standsede han. "Hvad er det?"

Elena viste med armene noget højt, stort og bølgende.

"Nå, da, da," sagde tyren, og man kunne høre forbløffelsen i hans stemme. "Har din mand fundet ud af det? Ikke så tosset."

Så gik han videre og lagde sig til sidst i skyggen af æbletræerne. Elena var gået med ham og satte sig ved siden af ham. Lidt forundret så han på hende med sine glødende røde øjne. "Skal du ikke lave mad eller sådan noget?"

Elena rystede på hovedet. Så pegede hun på sin fod og på Øyli og smilede

"Ja, ja, da," sagde Øyli og lod hende sidde.

Kapitel II: Sivert møder Øyli

S idst på dagen kom Sivert tilbage. Han stillede redskaberne på plads og gik ind i huset.

"Elena!" kaldte han og kom snart efter ud igen. "Elena!" råbte han igen og gik hen imod urtehaven, hvor han sidst havde set hende, før han tog af sted.

Da standsede han med ét. I den bløde jord så han aftryk af, ja, klove måtte det være ... men så store? Hvad var dog dette? Og hvor var Elena? Han bøjede sig ned og studerede klovaftrykkene. Der var mange og alle lige utroligt store. Sivert prøvede at forestille sig størrelsen af det dyr, som måtte have sat aftrykkene, og det svimlede for ham. Så stort et dyr, tyr eller ko, fandtes simpelthen ikke!

Da opdagede han aftrykket af en menneskefod mellem klovsporene. Var det Elenas? Fodaftrykkene gik i retning af huset, men forsvandt så i græsset. De andre spor gik mellem hinanden, frem og tilbage, uden at Sivert kunne se, om de gik i en bestemt retning.

Forvirret og urolig rejste han sig op. Da hørte han bag sig en brummende stemme.

"Bliv ikke bange, menneske! Her er jeg, som har sat de spor, som du studerer så ivrigt!"

Hurtigt vendte Sivert sig – og knækkede næsten sammen i knæene af forskrækkelse. Et uhyre! En tyr vist. Men så kæmpestor, at han ikke ville have troet det muligt, hvis han ikke havde set det med egne øjne. Og dyrets øjne! Som glødende kul! Han blev tør i halsen og kunne intet sige. Stod vist med åben mund.

"Jeg gør dig ikke noget, menneske. Hvad hedder du?"

"Si ... Si ... Sivert ... " stammede Sivert.

"Jeg er bare kommet for at snakke med dig, Sivert. Er du bange for, at der er sket den unge pige noget? Der er ikke sket hende noget. Hun ligger og sover i græsset under æbletræerne. Jeg selv hedder Øyli, og jeg ejer faktisk denne dal. Men nu ser jeg, at her bor nogen, og at man har forsøgt at spærre mig ude."

"Hvad for noget!" udbrød Sivert.

"Vidste du det ikke? Har du ikke selv bygget huset og stendiget?"

"Nej, det har mine forældre. Men jeg har hjulpet dem med diget. Jeg mangler kun et lille stykke, som jeg endnu ikke har fået færdigt. Men at det skulle være DIN dal ...?"

Inderst inde mærkede Sivert, at den store tyr havde ret. Det var sådan. Det var et usædvanligt væsen, der stod over for ham og sagde usædvanlige ting, men sandheden i det, der blev sagt, var ubestridelig.

"Pris du dig lykkelig for, at du ikke har fået diget færdigt, Sivert. Boede her nogen før dine forældre? Jeg spørger, fordi jeg ikke har været på disse kanter af mit rige i over hundrede år."

"Hundrede år!" gentog Sivert forbløffet.

"Ja, ja." Tyren lød lidt utålmodig. "Dine forældre troede

måske heller ikke, at dalen tilhørte nogen. Men hvorfra fik de den idé med at bygge stendiget? Det vil jo lukke mig ude fra min egen dal, med mindre jeg vil ødelægge den fuldstændigt ... "

"Jeg forstår dig ikke," sagde Sivert fortumlet. "De har bygget diget mod bjørne og ... ulve, tror jeg nok ... " Han kunne selv høre, hvor lidt troværdigt, det lød. Han kunne også, lige så let som Øyli, se for sig både bjørne og ulve forcere stendiget med lethed.

"Det tror du jo ikke selv på." Øyli fnøs, så det dampede ud af hans næsebor. "Men jeg tror, at DU ikke vidste, hvorfor det blev bygget. Men et dige som det deroppe holder MIG ude! Og ingen ved vel, hvordan man bygger sådan et trolddomsdige uden én eneste ondskabsfuld skabning, som jeg håber, du aldrig må møde, Sivert. Et stendige bygget af ærlige mennesker, der skal bære på en stor sorg og samtidig væde stenene med vand fra dalen med de sorte sten. Nej, det vidste du ikke. Og du vil heller aldrig sige det videre. Måske vidste dine forældre, bygmestrene selv, det heller ikke."

Sivert rystede på hovedet. Øyli talte igen. "Så døde dine forældre, kan jeg regne ud. og de bad dig vel gøre diget færdigt ... "

"Ja."

"Som sagt, Sivert, vær du glad for, at du ikke fik det færdigt. Men for øvrigt tror jeg ikke, at den del af diget, som du er i gang med at bygge, ville have kunnet holde mig tilbage. For du bruger vel ikke vand fra dalen med de sorte sten til at væde dine sten med, og du bærer heller ikke på en stor sorg? Eller gør du? Du kunne jo sørge meget over dine forældre?"

Sivert sagde: "Jeg væder ikke stenene med vand fra de sorte stens dal. Jeg sørger stadig over mine forældre og savner dem, det har du ret i, men jeg er ikke knust, for det er naturens lov, at de ældre går bort, og de unge tager over."

"Du kan i hvert fald være lykkelig for, at DE ikke nåede at få lukket diget og dermed mig ude. Det er nemlig ikke mig, du skal frygte. Derimod findes der et væsen på den anden side af bjergene mod syd, i det store Skovland. Dér befinder sig den ondskabsfulde skabning, som jeg talte om før. Hun vil gøre dig fortræd, hvis hun kendte til din eksistens."

"Jeg ved godt, hvem du tænker på ... Øyli. Du tænker på heksen i Skovlandet. Er det ikke rigtigt?"

"Det er rigtigt. Stakkels Sivert, så kender du hende allerede. Hvordan er du kommet til at kende hende, Sivert, fortæl mig det."

Så fortalte Sivert Øyli om alt, hvad der var sket, siden han først havde hørt om heksen. Hans frygt fra før for den store tyr med ildøjnene var nu fuldstændig væk. Tværtimod følte han, at han her stod over for en mægtig forbundsfælle. Han fortalte om heksens 'told', deres byttehandel, og at han netop i dag havde sat en lyshave op til hende. Og at han i øvrigt ikke vidste, hvad det hele drejede sig om, men at både Ansiger og ravnen havde gætterier i gang, som de endnu ikke ville indvi ham i.

”Jeg kan høre, at det var godt, jeg kom.” Den store tyr fæstede sine mærkelige røde øjne på Sivert. ”Men det morer mig, at du har stillet en lyshave op i skoven til kæl-lingen. Det skal vi nok høre nærmere til, når hun bli-ver edderspændt! Men frygt hende, Sivert! Du kan godt regne med, at hun er ude på noget, og at du intet betyder for hende. Og efter hvad jeg kan regne ud efter det, du har fortalt mig, er det, hun er ude på, at vriste denne dal fra mig. Desværre for dig er der nok svig i alt, hvad hun har aftalt med dig. Hvad kender du til den pige, Elena? Hvorfor taler hun ikke?”

Sivert havde tænkt sig at slå det hen, men hørte i stedet sig selv sige, meget sagte: ”Jeg er meget glad for hende.”

”Bare du ikke er FOR glad, Sivert. Jeg lugter forræderi. Dine forældre blev vist også bundet noget på ærmet med det stendige.”

”I landsbyen siger de, at der er kentaurer der oppe. Der-for tør de aldrig komme her ud i dalen.”

”Ikke kentaurer. Men der ER væsener der oppe, foruden mig. Der er gnomer, alfer, de underjordiske og vandvæ-sener. Der er også de dyr, som du kender, fugle, ræve og enkelte ulve. Men der er ingen af dem, som du behøver at frygte."

Sivert stod lidt tavs. Så kom han i tanker om noget, som Øyli havde sagt. "Hvorfor siger du, at heksen vil blive edderspændt over lyshaven? Mener du ikke, at jeg har stillet den rigtigt op?"

"Jo, det har du sikkert. Men der er jo ikke træer rundt om DINE sorte sten, vel? Og heller ikke i dalen. Så vent du blot og se. Men der er noget andet, som jeg gerne vil spørge dig om. Kender du til en stor sorg, som dine forældre må have haft?"

"Nej."

"De må have haft en, for deres del af diget er bygget efter den gamle trolddom. Ikke den del, som du har bygget, Sivert. Men dine forældres del er, ellers kunne det ikke være så stærkt. Men måske finder vi ud af det. Jeg vil blive her i dalen en tid. Forresten, mens vi er ved det. Jeg har besluttet, at det er i orden, at DU er her, Sivert, men flere end dig vil jeg ikke tåle bosætter sig her."

"Hvad så, hvis jeg får børn?"

"Èn arvtager. Hvis du får flere børn, må de andre flytte."

"Jeg kan vel ikke sige noget til det."

"Nej."

Så trak tyren sig tilbage og forsvandt. Sivert gik langsomt om til æblehaven, hvor han ganske rigtigt fandt Elena sovende i græsset. Han vækkede hende, og sammen gik de ind i huset for at tage lidt kold aftensmad. Først nu kom Sivert i tanker om, at han ikke havde budt Øyli noget. Men det kunne han ikke gøre noget ved nu.

Kapitel 12: Elena får besøg

Nu var Øyli altså i dalen. Sivert og Elena så ham nu ikke hver dag, selv om han gerne kom om aftenen og betragtede lysfigurerne i Siverts have. Sivert kunne aldrig lade være med at gyse lidt, når han så hans kæmpeskikkelse. Han ville aldrig have noget at spise, selv om Sivert nu havde budt ham en del gange. Derimod drak han gerne vand fra kilden. Elena var umådeligt glad for Øyli. Helst var hun gået i hælene på ham hele dagen, men det ville han ikke have. Hun var også glad for Sivert og hjalp ham gerne med alt, hvad han havde lært hende. Men når Øyli var der, sansede hun kun ham.

Ansiger og ravnen hørte de ikke noget til. Men en sen aften pilede et andet dyr over Siverts marker hen imod hans hus. Uden for huset listede det lidt omkring og prøvede at hoppe op for at kigge ind af vinduerne. Men de sad for højt til det. Så fandt det en mørk skygge ovre ved staldbygningen og skjulte sig i den, mens den holdt øje med huset.

Lidt efter kom Sivert ud med en lygte. Han gik hen til den anden ende af stalden, hvor han havde redskabsrum, og hentede noget, som han tog med ind i huset. Væsenet i skyggen rørte sig ikke.

Meget senere kom Elena ud. Hun gik hen og satte sig på

brøndkanten, mens hun så ud i mørket over dalen. Hvad tænkte hun på? Hun trak knæene op under nederdelen og trak sit store sjal tættere om sig. Sådan sad hun lige så stille.

Nu stod månen op. Snart lå dalen badet i et blegt spøgelsesagtigt lys af en egen skønhed. Væsenet ved stalden gled stille ud af skyggen. Snart var den henne ved brønden. Elena vendte sig, da hun hørte en hviskende stemme kalde sit navn. Nu kom dyret frem i månelyset og afslørede sig som den væsel, der havde siddet foran heksens hus, da Sivert måtte bruge ravnefjeren for at komme hjem.

”Lille Elena!” hviskede den. ”Har du det godt her hos Sivert?”

Elena nikkede og strøg væselen over ryggen. Hun løftede den op og tog den på skødet og blev ved med at stryge den over ryggen. Månen spejlede sig i dens mørke øjne i det lille spidse ansigt. Den hviskede: ”Jeg har noget til dig, Elena. Noget, som du kan give Sivert, hvis han ikke er god nok ved dig. Hvis han glemmer dig, eller ikke holder nok af dig. Fruen ønsker, at han skal holde meget af dig.”

Elena så nu, at væselen om halsen havde en lille flaske. Den bad den hende om at tage af og beholde. ”Kom den i hans drikkevand en dag, hvor han ikke ser det, Elena. Så vil han aldrig tænke på andre end dig.”

Elena nikkede og lagde den lille flaske ned i lommen på

sin nederdel. Hun blev ved med at stryge væselen over ryggen, og det lille dyr puttede sig ind til hende. "Gid jeg turde blive hos dig, Elena," sagde den. "Jeg vil fortælle dig noget, selv om jeg ikke må. Du ved jo, at Sivert har stillet en lyshave op til fruen."

Elena nikkede. Væselen fortsatte: "Der er sket en stor ulykke. De første dage, forstår du, var lysfigurerne ikke særlig store. Det havde Sivert jo også sagt. Men de blev større og større. Og en dag, Elena, blev de så store, at de satte ild til bladene på træerne og til fruens egen hytte!"

Elena slap forskrækket væselen.

"Og fruen, Elena, fruen! Hun var ude foran hytten for at se på figurerne, da det skete, og hun blev brændt helt sort, før hun nåede at komme væk!"

Elena stirrede stift på væselen.

"Men hun er ikke død, nej. Men ulykken er over skoven. I går aftes brændte det igen. Hele området omkring lyshaven er nu helt sort og brændt ned, og fruens hytte er væk. Vi er alle flyttet væk og er begyndt at bygge en ny hytte til fruen meget længere borte. Men vi ved ikke, hvad vi skal gøre ved ilden. I aften har det helt sikkert brændt igen. Og kommer vi vand på, blusser det bare endnu mere op. Og hver aften bliver lysfigurerne større, og derfor kan de hele tiden nå mere skov. I dag skulle nogen grave de sorte sten op. Men de fleste sidder allerede så fast i jorden, at det er umuligt. Og hvor skal vi lægge dem?"

Væselen lagde tungt hovedet på Elenas nederdel. Hun strøg den igen over pelsen, mens hun med rynket pande tankefuldt stirrede ud i natten.

Da de havde siddet lidt, sagde væselen farvel og hoppede ned fra Elenas skød. Inden den forsvandt i natten, kyssede hun den på panden og så efter den, mens den strøg bort i måneskinnet.

Kort efter kom Sivert ud og kiggede efter Elena. "Kommer du ikke snart ind?" spurgte han. "Det er sent at sidde ude."

Elena nikkede og hoppede ned fra brøndkanten. Sammen gik de ind i huset.

Kapitel 13: Heksens hævn

Næste dag kom Øyli forbi. Han hilste venligt på Sivert og Elena. Sivert var ved at lave en ny indhegning til nogle af køerne, der snart skulle kælve, og som han ville holde øje med nær huset. Elena plukkede ribs. Da hun så Øyli, satte hun bærspanden fra sig og gik hen til truget ved vandposten. Hun viftede med armen til tyren.

Han travede godmodigt hen til hende og fandt sig i, at hun aede ham på mulen. Han så ikke, at Elena tømte den lille flaskes indhold ud i karret. For at glæde Elena drak han lidt af vandtruget.

Sivert stod noget derfra med sine hegnspæle. Han så på Øyli og Elena. En kæmpeskikkelse ved siden af et fnug. Så tit havde han set dem ved siden af hinanden. Hvorfor følte han sig urolig i dag? Utilpas lod han en hånd løbe igennem sit lyse hår. Da så han et frygteligt syn.

Da Øyli havde drukket en lille mundfuld, gik der en skælven igennem ham. Han begyndte at sitre over hele kroppen, og hans smukke sorte skind undergik de voldsomste farveforandringer – fra gråt, lyseblåt over hvidt til violet. Da han var violet, var han næsten selvlysende. Han havde forpint lagt hovedet tilbage, mens han stod og rystede. Savl og vand drev ham af mulen. Stadig blev farveforandringerne ved, nu mere over i de mørke toner.

Elena, der stod ved siden af sin ven, var først blevet stiv af forskrækkelse. Så rakte hun en hånd frem imod ham uden at vide, hvad hun skulle gøre. Savl og vanddråber dryppede ned på hendes hånd og arm. Da begyndte hun at skrige. Elena, fra hvem der aldrig før var kommet en lyd, skreg. Mens hun skreg, skrumpede hun ind, og skriget gik over i en piben. Hendes lange rødbrune hår lagde sig om hendes stadig mindre skikkelse, indtil det til sidst sluttede om hende som en tæt pels – og et lille dyr med busket hale og to mørke skinnende øjne hoppede nu rundt på jorden, mens det peb ulykkeligt. Det tøj, som pigen havde haft på, lå i en tom bunke på jorden.

Sivert stod som forstenet. Han så på det lille egern, der fortvivlet hoppede rundt. På den store tyr, der igen var blevet sort i skindet, men nu langsomt sank i knæ og gispende støttede sit kæmpestore hoved på jorden. Han blev ved med at gispe, men farveforandringerne var hørt op, og det lød til, at vejrtrækningen langsomt blev roligere. Men fuldstændig udmattet lå han der og stirrede glansløst ud i luften.

Pludselig kunne Sivert bevæge sig igen. Han begyndte at løbe op mod vandposten. Halvvejs oppe opdagede han, at der løb én ved siden af ham. Ansiger var kommet. ”Stop, Sivert!” råbte Ansiger forpustet. ”Stop!”

Sivert standsede. ”Vi må da hjælpe dem ... ”

”Du kan ikke hjælpe nogen af dem. Det er trolddom fra heksen, tro mig. Og jeg kan fortælle dig meget denne gang! Først og fremmest at den trolddom var bestemt for dig, Sivert, og at den skulle have slået dig ihjel. Og havde du drukket af vandet, så var du også død af det. En pinefuld død. Ja, jeg har været på lyttepost i mange dage, Sivert. Hvorfor den tyr dér ikke døde af det, er måske fordi han er stå stor. Men skynd dig at hælde vandet fra truget ud, så ingen andre kommer til at drikke af det.”

Sivert ville gå hen til truget, men Øyli standsede ham. Han havde fået vejret igen og lod nu blot til at hvile sig. ”Stands, Sivert. Stands. Kom først noget af vandet i den samme beholder, som giften må have været i, før den blev hældt op i truget. Måske er den i egernets lomme.”

Egernets lomme? Det varede et øjeblik, før Sivert forstod, hvad Øyli mente. Så stod tårerne ham i øjnene, og grædende gik han hen og ledte i Elenas tøj. I lommen på hendes nederdel fandt han flasken.

Det lille egern peb nu ikke længere, men sad helt stille på jorden og fulgte Sivert med øjnene. Da han fandt flasken i hendes lomme, slog hun de bittesmå poter for ansigtet.

”Elena!” udbrød Sivert bedrøvet. ”Det havde jeg ikke troet om dig.” Og tårerne blev ved med at løbe ned ad hans kinder, uden at han tænkte på at tørre dem bort.

Da sagde Ansiger: ”Ikke så hastig, Sivert. Når du har gjort, som tyren dér beder dig om, så skal jeg fortælle dig

en anden historie. Hvis jeg så må blive præsenteret for ...
?" Han vendte sig mod Øyli.

"Selvfølgelig," sagde Sivert og tørrede nu øjnene. "Øyli,
det er min ven Ansiger. Ansiger, det er min ven Øyli. Øyli
er hersker over denne dal og de store vidder bagved,"
Sivert slog ud med armene – "og har ikke været på besøg
her i dalen de sidste hundrede år."

Øyli nikkede venligt til Ansiger. Ræven nikkede tilbage
og så undrende på det store væsen.

Til Sivert sagde tyren. "Fyld flasken uden at få noget på
fingrene selv. Kan du klare det?"

"Så skal jeg nok bruge en tang og en øseske."

"Så hent det."

Så hentede Sivert en tang og en lille øse og fyldte fla-
sken med vand fra truget. Det lyste gyldengrønt og så
meget smukt ud. Bagefter væltede han truget, så al væ-
sken løb ud. Det sydede lidt, før det forsvandt i jorden,
og et par uheldige græstotter, der havde vokset ved sten-
truget, visnede bort.

"Kom så herhen med flasken og stil den foran mig, uden
prop," beordrede Øyli. "Hold den fast med tangen." Også
det gjorde Sivert.

Den store tyr tog nogle dybe indåndinger og pustede
et par gange frem og tilbage. Pludselig kom der ikke kun
luft ud af hans næsebor, men en klar lysende flamme.
Øyli lod flammen slikke om flasken, gå ned igennem
flaskehalsen og syde imod væsken. Det gjorde han flere

84

gange. Til sidst sagde han: "Nu proppen på, Sivert. Pas på, den er varm. Havde jeg haft alle mine kræfter, kunne jeg have gjort det selv. Men i morgen er jeg frisk igen. Og så skal vi se løjer, når fru Ondskabsfuld får sin egen trolddom tilbage igen. For det er jo dér, det kommer fra, ikke egern?" Øyli løftede hovedet, stadig lidt besværligt, og så på Elena.

Langsomt hoppede det lille egern hen til Øyli og strakte de små poter frem med håndfladerne opad, mens hun stirrede ulykkeligt på ham.

"Du kan ikke gøre for det, siger du. Jeg tror dig. Den kælling fra skoven lyver lige stå stærkt, som en hest kan rende. Og hvorfor skulle hun ikke også have løjet for dig? Du troede sikkert, at der var noget helt andet i. Måske noget, der gavnede et eller andet."

Det lille dyr lyste helt op ved hans ord og nikkede og hoppede ivrigt op og ned.

"Ja, ja," sagde Øyli. "Du er selv en stakkel. Et dyr er du, ikke skabt til at være menneske."

"Hvadbehager?" sagde Sivert grødet.

"Kan du ikke regne det ud, Sivert. Heksen ville have en lyshave, men havde intet at give i bytte. På en eller anden måde må hun have gættet, at du følte dig ensom. Og så skabte hun et hunegern om til en pige. Dog uden mæle. Så var hun mere sikker på, at du ikke ville gætte sammenhængen."

Tungt satte Sivert sig ned. Benene nægtede at bære ham

længere. Han var ikke et øjeblik i tvivl om, at Øyli havde ret. Egernets farver havde hun altid haft. Kastanjebrun, rødbrun. Og hendes dejlige blanke skinnende øjne – et egerns øjne var det. Og hendes væsen. Og da hun for første gang smilede til ham og fulgte med ham, fordi han gav hende nødder. Alt stod med ét ubarmhjertigt klart for ham. Ja, hun var et egern, og det havde hun altid været, selv som menneske. Han skjulte ansigtet i hænderne. Det lille egern kiggede på ham og lagde hovedet på skrå på en pudsig måde

Øyli vendte sig mod ræven. "Ansiger Ræv, du er vist heller ikke en ræv, som du synes at være. Den slags har jeg forstand på, skal du vide. Men du kender mig stadig ikke rigtigt. Jeg vil fortælle dig om mig selv og dalen, så kan du bagefter fortælle os det, som du løb så stærkt for at sige."

Ansiger satte sig på halen og lyttede. Så fortalte Øyli om, hvordan han var kommet til dalen og var stødt på stendiget. Om trolddommen i diget. Og at han var blevet i dalen for at forsvare den og beskytte Sivert mod heksen, som givet ville forsøge at hævne sig på ham, når lyshaven gik over gevind, som Øyli havde gættet, at den ville, når den var omgivet af brændbart materiale på alle sider. Alligevel var det på trods af tyrens tilstedeværelse et rent og skært held, at Sivert ikke var bukket under for heksens anslag mod hans liv.

Da Øyli sluttede, fortsatte Ansiger. "Min historie er

netop det, der mangler i det, som vi lige har hørt. Lyshaven har brændt store dele af skoven ned. Heksens hytte er også brændt, og heksen selv, ja, hun blev lige så forkullet som de inderste bjælker i hendes hytte. Og hun svor at dræbe Sivert. Jeg har i lang tid, forstår I, opholdt mig i nærheden af heksen, skjult oppe under taget i hendes hytte. En væsel har hjulpet mig med fare for sit eget liv. Den holdt meget af Elena, fortalte den mig. Men jeg vidste ikke, at hun ikke var et rigtigt menneske, selv om jeg anede, at der var noget galt. Den samme fornemmelse har jeg med væselen. Og med mig selv.”

”Det vil nok vise sig,” mumlede Øyli.

Sivert havde taget hænderne fra ansigtet og lyttede nu opmærksomt til Ansiger. Ræven fortsatte: ”Diget har jeg også spekuleret over. Nu er alle brikkerne faldet på plads for mig. Heksens mål var at erobre dalen fra dig, Øyli. Og med de to menneskers hjælp, Siverts forældre altså, fik hun et redskab til at bruge den gamle trolddom. Men jeg kender ikke til den tid, fra før Siverts forældre kom til dalen. Så længe har jeg ikke levet.”

”Hvor gammel er du egentlig, Ansiger?” spurgte Sivert. Det var noget, som han aldrig før havde skænket en tanke.

”Det ved jeg ikke. Men jeg kan ikke huske længere tilbage end til dengang, vi legede sammen, da du var lille.”

”Hm,” sagde Øyli. ”Måske var du også selv et barn dengang.”

”Måske. Men for at vende tilbage til nu, så følte jeg, at Sivert var i fare. Væselen havde fået lov til at besøge Elena, men først da den var tilbage og fortalte mig, at heksen havde givet den en flaske med, hvis indhold Elena skulle give Sivert, begyndte jeg fæ at ane uråd. Jeg bad væselen sætte mig i forbindelse med ravnen, for at den kunne flyve mig hertil i en fart. Men væselen kunne ikke finde ravnen og havde rent faktisk ikke set den et stykke tid. Så var der ikke andet for mig at gøre end at løbe hertil, så hurtigt som mine ben kunne bære mig. Alligevel ville jeg være kommet for sent, hvis ikke heldet havde været ude.”

Øyli trøstede ham. ”Du mærkede, at Sivert var i fare, og du gjorde, hvad du kunne. Ja, Siverts liv har hængt i en tynd tråd. Så snart diget var færdigt, ville heksen have slået ham ihjel og taget dalen. Men hun blev nervøs, da ravnen gav ham af sine kræfter, og hun ikke uden videre kunne regne ud, hvordan Sivert kunne være så stærk – han, som hun havde regnet for ingenting. Nu lod det også til, at han beherskede lysfigurerne, og den kunst ville hun gerne lure ham af.”

Øyli rejste sig op. Hans svaghed var ovre, han var stærk igen. Tre gange gik han rundt om Sivert, egernet og Ansiger. Så talte han: ”Den medicin, der ville have slået Sivert ihjel, kunne dog ikke klare Øyli – hersker over dal og bjerg. Nu vil vi give heksen af hendes egen medicin.”

Kapitel 14: Ravnen i knibe

"Sivert," sagde Øyli nu. "Den ravn, du har omtalt – stoler du fuldstændig på ham?"

"Ja, det gør jeg faktisk," sagde Sivert. "Måske burde jeg ikke … Det er så svært. Men indtil nu har han hjulpet mig to gange, selv om det vist var for hans egen skyld – for at ærgre heksen, mener jeg."

"Hm. Vi har brug for et sendebud. Og selv om jeg er sikker på, at Ansiger gladeligt vil tilbyde sig, så er han for det første træt, og for det andet går det hurtigere med én, som flyver."

Ansiger nikkede. Øyli fortsatte: "Derfor … hvis man kunne stole på ravnen … kan du kalde på ham, Sivert?"

"Ja." Sivert trak fløjten frem, som ravnen havde givet ham og bedt ham bære i en snor om halsen. "Med denne fløjte kan jeg kalde på ham."

"Så kald da på ham. Vi må vælge at stole på ham. Glipper det, finder vi på noget andet. Jeg er stærkere, end heksen tror." Tyren løftede stolt hovedet.

"Blæs, Sivert!" sagde han. "Blæs!"

Sivert blæste i fløjten. En fin tynd tone lod sig høre. Flere gange blæste Sivert, men inden han havde blæst færdigt, blev han slået omkuld af noget tungt, der faldt ned over ham. En underlig klump, der flaksede og baksede. Forskrækket kom han op at stå igen og stirrede på den uformelige grå klump foran ham. Da gik det op for ham, at det var ravnen. Ravnen, plukket for alle sine fjer som en grydeklar høne, med fødderne bundet sammen og en klud om næbbet, så den ikke kunne tale.

"Ravn!" udbrød både Sivert og Ansiger bestyrtet. Begge løb de frem og begyndte at befri ravnen for klud og bånd.

"Hvad er der dog sket? Hvordan er det dog, du ser ud? Åh, lille ravn dog!" Sivert vred sine hænder. Ansiger puffede til ravnen og slikkede ham forsigtigt på benene, hvor rebene havde snæret. Med støtte af Ansiger kom den pillede grå fugl vaklende på benene.

"Kæ ... kære venner!" kvækkede han. "I har reddet mit liv! Åh, jeg var så bange for, at du ikke ville blæse i fløjten, Sivert! Det var mit eneste håb!" To klare tårer trillede fra hans øjne.

"Jamen, kære ven," sagde Sivert trøstende. "Nu er du her jo. Havde jeg vidst, at det var sådan fat med dig, havde jeg blæst i fløjten for længe siden. Men hvordan er det dog gået til, at du har mistet alle dine fjer?"

"Først, først!" skrattede ravnen. Den havde fået øje på den sorte tyr. "Jeg hilser dig, du Hersker over Dal og Bjerg! Jeg bøjer mig for dig. Du ser, at jeg ingen fare er for dig. Hvis du vil tvære mig ud, så gør det nu, inden jeg igen begynder at håbe på livet!"

"Sagte, ravn," brummede Øyli. "Forræderi er altid en

fare. Men du har så vist ikke forrådt Sivert, det gætter jeg af din tilstand. Hvordan kan det dog være?"

"Det er svært at forklare, oh, Dalens Hersker! Sivert har gjort mig meget godt, og heksen tjente jeg kun af frygt."

"Hvad overvandt da din frygt, fugl?"

"Jeg troede, at jeg nu havde set så meget hos hende, at jeg sammen med Sivert kunne klare hende. Jeg ønskede hende død og ødelagt, – ja, det gør jeg endnu – men hun var mig for snu."

"Stakkels ravn," sagde Øyli. "Men slaget er ikke tabt. Fortæl os nu først, hvordan det går til, at du ankommer fjerløs og bundet på næb og fødder?"

Så fortalte ravnen – stadig støttende sig til Ansiger – at heksen havde fattet mistanke til ham et par dage efter, at Sivert havde stillet lyshaven op. Hun havde grundet over, hvor Sivert havde kunnet få de ekstra kræfter fra, som hun ikke mente var hans egne, og var så standset ved ravnen, som havde haft kontakt med Sivert uden for hendes syns- og hørevidde.

Hun gættede uden videre på, at ravnen havde givet Sivert en eller flere af sine fjer. Og så var han blevet kaldt ind til forhør. Det foregik på den måde, at heksen havde lammet ham med trolddom og derpå i ro og mag talt hans fjer. Da det gik op for hende, at der manglede én, plukkede hun ham uden videre, bandt ham om næb og fødder og smed ham i et af sine større bure. Hun beholdt ham hos sig inde i hytten, for at hun kunne spotte ham hver dag og holde øje med, at ingen bragte ham mad eller vand.

Væselen var om natten kommet til ravnen og havde forsøgt at åbne buret for ham. Men den kunne ikke.

Da den store brand kom, havde væselen slæbt ravnens bur ud af en bagindgang i hytten. Men senere fandt heksen ham igen. Nu kom han med til det nye sted, hvor heksens hytte skulle genopbygges. Her var han blevet smidt i en bunke sammen med en masse andre ting, som den syntes foruroligende lignede ragelse. En aften var heksen dukket op. Hun havde spottende sagt: "Når man flytter, ravn, så rydder man op. I morgen vil jeg rydde hele denne bunke skrammel op. Det bliver et flot bål, ravn, og du skal komme til at nyde det indefra – du, som troede, at du kunne hamle op med mig. Mig! Hvor latterligt. I morgen bliver der gjort en ende på dit vanvid. Ha!"

Så havde ravnen grædt og tænkt på Sivert. Ville han dog ikke blæse i fløjten! Ud af sit bur kunne han ikke komme, end mindre flyve bort! Men fløjten ville kunne trække ham af sted, den ville kunne fri ham ud af denne forfærdelige situation!

Næste dag kom. Men heksen kom ikke fra morgenstunden, og da det var blevet eftermiddag, var ravnens håb steget. Måske havde hun glemt det. Men til sidst så han hende komme krybende rundt om hjørnet af begyndelsen til den nye hytte. I hånden havde hun et kulbækken.

Men i DET øjeblik blæste Sivert i fløjten, og ravnen blev suget ud af buret.

"Det brænder nok derovre nu, alt skramlet, i dette øjeblik." Ravnen så helt svimmel ud ved tanken.

"Fløde!" råbte Sivert pludselig og styrtede af sted op til huset. Og ravnen fik fløde, som den grådigt drak.

Da han var færdig, gik Øyli hen til ham. "Ravn!" sagde han. "Du skylder Sivert dit liv. Men han har kun kunnet redde dig på grund af din egen forudseenhed. Så noget har du vist alligevel lært hos heksen. Vil du gøre mig en tjeneste, så vil jeg give dig dine fjer igen."

"Hvad det skal være," svarede han.

"Du skal flyve tilbage til heksen med denne flaske."

Ravnen gøs.

"Du behøver slet ikke at lande. Når du er over hende, skal du dryppe flaskens indhold på hende. Så vil hun ... ja, hun vil blive uskadelig, og når du på den måde har uskadeliggjort hende, så er hun din."

"Min?"

"Ja, din. Du kan gøre med hende, hvad du vil."

Ravnen så uforstående ud, men nikkede sammenbidt.

"Gå til side, Ansiger," sagde Øyli nu. "Og ikke bange, ravn. Det gør ikke ondt på dig."

Så åndede tyren dybt et par gange, til den lysende flamme igen viste sig i dens næsebor. Han førte flammen helt hen til ravnen, som lukkede øjnene og gav sig det forfærdelige i vold. Men selv om flammen slikkede op og ned af ravnens stakkels skind, så det ikke ud til, at han mærkede det. Efter en lille tid lukkede han selv øjnene op og så med forfærdelse og forbløffelse på ilden, der slikkede op og ned af ham. Men han så også noget andet: de nye blanke sorte fjer, der hastigt voksede ud overalt på ham. Og nu – han strakte vingerne ud fra sig og ligefrem badede sig i Øylis ild – nu kom svingfjerene, hans kostelige svingfjer – nu kunne han flyve igen! Han blev dog ved med at stå på samme sted og lod tyren bestemme farten. Et kort øjeblik efter trådte Øyli tilbage og slukkede næseflammen. Han så nøje på ravnen.

”Nu ligner du en rigtig ravn igen! Prøv nu at flyve!”

Og ravnen fløj. Hans træthed var som blæst bort, og han steg som en pil op i luften.

”Husk flasken!” råbte Øyli.

Lydløst dalede den mørke fugl ned igen og landede foran tyren. ”Jeg er klar,” sagde han.

Kapitel 15: Øylis hævn

„Jeg er klar," havde ravnen sagt.

Så fik den bundet flasken i en snor om halsen og lettede straks.

Tilbage for de øvrige var nu kun at vente.

"Han kommer måske først tilbage i morgen," sagde Ansiger.

"Jeg tror, han kommer før," sagde Øyli. '"Lad os bare vente her."

Så ventede de alle i græsset nær ved Siverts hus. Ansiger rullede sig sammen og hvilede sig. Det lille egern faldt i søvn. Sivert rejste sig stille og gik hen for at malke de køer, som han havde gående som malkekvæg. Da han var færdig, kom han tilbage igen og satte sig. Havde det været en almindelig dag, ville han nu være begyndt at tænke på sin aftensmad. Men ikke i dag.

Ansiger og Elena sov stadig. Den vældige tyr havde lagt sig i græsset og ventede roligt og tålmodigt. Den så på Sivert med sine lysende røde øjne, men sagde ikke noget. Efter en stund brød Sivert tavsheden. "Hvad nu med Elena?" Bedrøvet så han hen på det lille sovende rødbrune væsen.

"Jeg tænker over det," svarede Øyli lavt. "Men jeg kender ingen løsning. Som hun er nu, er hun jo sig selv. Der er ingen trolddom at ophæve."

Sivert sukkede. Forsigtigt strøg han egernet over pelsen. Det sukkede og gav sig lidt i søvne.

"Glem hende, hvis du kan, Sivert. Hun er ikke et menneske."

"Bare jeg kunne," sukkede Sivert. Nu satte trætheden ind også hos ham. Han lagde sig ned i græsset og stirrede op i himlen. Det var et vanvittigt spil, som han mod sin vilje var blevet en brik i. Han havde en følelse af at falde ned i et bundløst hul. Alle de optrædende var vanvittige, også han selv. Hvordan kunne han dog fatte sådan en kærlighed til ... et egern! Han gav sig pludselig til at le ubehersket og endte med at opdage, at han lå og græd ned i græsset.

"Glem hende," sagde Øyli igen. "Hun føler sig tilpas sammen med andre dyr – og med mig, fordi hun instinktivt følte, at jeg kunne hjælpe hende."

"Hun kunne også godt lide at være hos mig," sagde Sivert stædigt.

"Jeg tror dig gerne," sagde Øyli. "Du var god imod hende. Forresten får jeg netop en idé. Du vil gerne have Elena tilbage. Hvis hun selv vil, er der måske en mulighed. Men så skal hun forandres igen, Sivert, til noget, som hun ikke oprindeligt var. Vil det ikke genere dig?"

"Nej," sagde Sivert og strøg igen hen over det lille egerns pels. "Jeg er fuldstændig ligeglad med, om hun skal forvandles fra et egern, en blomst, ja, selv fra en sten, bare hun vil blive Elena igen og blive her hos mig.”

”Så må du først og fremmest have tålmodighed. Måske kan hun komme tilbage.”

Tavsheden sænkede sig nu, og ventetiden krøb af sted. Ansiger rørte på sig i søvne.

Min ven, tænkte Sivert kærligt.

Pludselig skete der noget med ræven. Den gav et skrig fra sig, strakte sig ud og vred sig – og med ét lå der en ung mand i græsset.

Sivert og den unge mand sprang op samtidigt. Egernet vågnede og pilede forskrækket op på stablen af hegnspæle.

”Ansiger!” udbrød Sivert.

”Sivert!” råbte Ansiger. ”Jeg er blevet et menneske!”

”Så er heksen død,” sagde Øyli. ”Trolddommen ophæves.”

Sivert og Ansiger faldt i hinandens arme.

”Min ven!” jublede de begge.

”Mit hjem er dit!” sagde Sivert.

”Kun ét menneske her i dalen,” kom det fra Øyli. ”Men hvem er du så, Ansiger?” fortsatte han.

”Det ved jeg ikke.”

”Men det ved jeg,” sagde tyren. ”Gå hen og spejl jer i vandet begge to.”

De to mænd fyldte vand fra posten i det tømte trug og spejlede sig i det. Nu så de også ligheden.

"Bror?" udbrød de tøvende, næsten samtidigt. Så omfavnede de hinanden igen.

"Ja, du er min bror, Ansiger!" hviskede Sivert lykkeligt. "Hvorfor har jeg ikke gættet det noget før?"

"Og hvorfor gættede jeg det ikke selv? Jeg, der syntes, at du ikke altid var lige kløgtig – hvad var jeg selv?"

"Storebror," sagde Øyli.

"Storebror?"

"Ja, du må være et barn, som Siverts forældre har måttet give til heksen. For at holde sig gode venner med hende måtte de bygge stendiget og give hende deres førstefødte. Så havde de den hjertesorg, der var nødvendig, for at digets trolddom mod mig kunne virke. Det hele passer sammen. Men den del, som Sivert var i gang med at bygge, ville ikke have holdt mig ude, for Sivert har ikke nogen dyb hjertesorg."

Og Sivert og Ansiger vidste igen, at den store tyr havde ret.

Efter en rum tid kom ravnen tilbage. Stilfærdigt landede den i den tiltagende skumring. Bag den begyndte lysfigurerne nede i Siverts baghave at rejse sig. Fra ravnens ryg hoppede en lille passager af. Et andet lille egern. Det sprang forsigtigt ned og så sig hurtigt om. Men egernet på hegnspælene havde allerede opdaget det. I to spring var Elena henne ved den nyankomne. Hun peb af glæde og hoppede op og ned. Det andet egern begyndte også at pibe, og de to små masede og puffede til hinanden, så de skiftevis væltede og trillede om i græsset.

"Hvem er det, du har med, ravn?" spurgte Sivert, tung om hjertet.

"Først var det en væsel," sagde ravnen. "Og så var det pludselig et egern. Den gamle dame må have haft travlt med at genere både dyr og mennesker." Han fortsatte. "Hun ville gerne med mig, da jeg skulle tilbage."

"Hun!" udbrød Sivert overrasket. "Men jeg troede ... " Så tav han forvirret, uden at fortælle mere om, hvad han havde troet.

Ansiger havde lamslået stirret på det ny lille egern. "Min væsel!" mumlede han. "Hun var den, der hjalp mig mest hos heksen med stor fare for sig selv. Hvor ofte har vi ikke siddet og talt sammen, og hvor ofte har jeg ikke ønsket, at hun var en ræv. Og nu – " Ansiger gemte ansigtet i hænderne og græd.

Sivert lagde armen om ham, mens han bedende så på Øyli. Tyren nikkede og sagde: "Jeg prøver med dem begge, Sivert. Ansiger, tab ikke modet helt. Der er et lille håb for din væsel. Måske kan hun blive som dig en dag."

"Som mig? Mener du et menneske?"

"Elena var jo ikke et menneske."

"Vil du fortrylle dem igen, Øyli?"

"Det kan man godt sige. Men for at det kan blive godt og varigt, bliver jeg nødt til at tage dem med mig, når jeg drager herfra. Jeg vil tage kontakt med alferne, som er mine meget gode venner. Og hvis det så lykkes, vil jeg bringe dem begge to med tilbage hertil igen. Men nu skal vi høre, hvad ravnen har at fortælle om heksens endeligt – for at hun er død, det vidste vi, før du kom, ravn, på grund af Ansigers forvandling."

Ravnen, der havde set lidt forsigtigt på det nye menneske, da han lige var kommet, uden at der havde været tid til at forklare ham, hvem DET nu var, havde forstået sammenhængen, da Ansiger blev kaldt ved navn. Med en fornøjet skratten gjorde han et lille hop hen imod Sivert og Ansiger og råbte: "Ja, nu skal I høre! Som jeg sagde, før jeg tog af sted, var der ganske rigtigt sat ild til skrammeldyngen. Oppe fra kunne jeg se hende som en sort orm ved siden af bålet. Det brændte allerede ret kraftigt. Gad vide, om hun troede, at jeg stadig sad i buret. Så dalede jeg lydløst ned, så langt som jeg turde, og hun opdagede mig ikke. Jeg åbnede flasken med mine kløer og hældte forsigtigt indholdet over hende. Hun fik det alt sammen. Flasken smed jeg i ilden."

Ravnens tilhørere lyttede åndeløst. Han holdt en lille pause for at trække spændingen ud og nød sin triumf.

"Så begyndte hun at skrige. Hun skreg og skreg og så skrumpede hun ind. Først da hun ikke var større end en maddike, holdt hun op med at skrige."

"Men hun var jo ikke død?" sagde Ansiger afventende.

"Dalens hersker havde sagt, at når giftens virkning var

ophørt, så var hun min. Jeg kunne gøre med hende, hvad jeg ville."

"Og hvad gjorde du så, ravn?" spurgte Sivert åndeløst.

"Jeg åd hende."

Kapitel 16: Afslutning

Glæden over heksens død var stor. Og samtidig meldte sulten sig nu hos dem alle, undtagen Øyli. Sivert og Ansiger fandt frem, hvad Siverts køkken kunne byde på: Brød, pølse, ost, mælk, fløde og øl. De små egern fik æg og fløde, og det var de glade for. Øyli spiste som sædvanlig ikke, men drak vand. Der var meget at tale om, nu hvor de kunne se tidligere tiders uforståelige begivenheder i et nyt lys.

”Hvordan vil I nu indrette jer?” spurgte Øyli Sivert og Ansiger. ”I kan jo ikke blive boende her begge.”

”Jeg har fået en idé,” sagde Ansiger.

”Ja?”

”Nu er skoven jo tom, ikke? For heksen, mener jeg. En anden én kunne måske flytte derover. Også fordi jeg føler mig mere som jæger end som bonde.”

”Det var da en glimrende idé, Ansiger!” udbrød Øyli. ”Du må vide, at nu, hvor heksen er død, er skoven min. Men det vil ikke genere mig, at du bor der. Tværtimod. Og dem, der bor på min jord, dem beskytter jeg. Skoven går nærmest i en trekant langt mod syd, ned til en bjergkæde, der bliver kaldt De spidse Bjerge. Så langt går mit rige nu, og så langt kan du trygt færdes på jagt. Til den sidste side afgrænses Skovlandet af højsletter. Skoven holder altså op, hvor det bliver for koldt. På højsletterne bor der gnomer og underjordiske, og bag De spidse Bjerge er der orme og drager. Men der er ingen onde væsener som den heks, vi nu har vundet over."

"Så vil jeg gerne have lov til at bosætte mig i din skov, Øyli," sagde Ansiger.

Til Sivert sagde Øyli: "Og du bliver alene igen, Sivert. Men du har jo prøvet det før."

"Helt alene bliver jeg nu ikke, Øyli," smilede Sivert. "Jeg får jo en bror, som bor i Skovlandet. Og hvad med ravnen?"

"Ja, hvad med dig, ravn?" spurgte Øyli. "Hvor kunne du tænke dig at være?"

"Her og der," sagde ravnen. "Her og der. Lidt hos Sivert og lidt hos Ansiger. Og så vil jeg selv finde et sted i skovkanten, som passer til en ravn, hvis det er i orden for dit vedkommende, Øyli?"

"Det er i orden. Jeg er forresten nysgerrig efter noget. Kan du stadig bære en kvie, nu hvor heksen er død?"

"Lad mig prøve." Ravnen stod helt stille. Så begyndte den at vokse. Et øjeblik efter var den dobbelt så stor som et menneske og lidt højere end Øyli.

"Det må jeg sige!" udbrød denne.

"Det overrasker også mig selv," sagde ravnen. "Ansiger, prøv at kravle op på min ryg. Hvis jeg kan bære dig, har du her en altid villig transport til og fra Skovlandet."

Ansiger kravlede op på ryggen af ravnen, og et øjeblik efter gik det i lydløs glideflugt op i natten.

”Jeg kan, jeg kan!” jublede ravnen. ”Der er magiske kræfter i hver eneste af mine fjer!”

Elegant lande den igen i græsset.

”Glem aldrig, at min ild er i dine fjer, ravn,” sagde Øyli. ”Noget helt andet er, at du har ædt heksen. Måske har det givet dig noget. Men pas på! Hvis nogen af jer, Ansiger og Sivert, mærker, at ravnen begynder at vise tegn på ondskab – måske som følge af, at han åd heksen – så tilkald mig straks. Han vil ikke selv lægge mærke til det, hvis der sker forandringer med ham. Og du skal beholde fløjten, Sivert, så du altid kan få fat på ham, hvis det skulle blive nødvendigt. Og er det værste så sket, at ravnen er blevet ondskabsfuld, så kan jeg give ham et ildbad og kurere ham.”

”Hvordan kan jeg tilkalde dig, Øyli?” spurgte Sivert.

Øyli gik hen til Sivert og mumlede ham noget i øret.

”Ikke andet!” udbrød bonden.

”Nej, ikke andet. Enkelt skal det være. Og kun du og Ansiger må vide det.” Tyren gik også hen til jægeren og mumlede noget i dennes øre.

”Og ikke mig,” sagde ravnen bedrøvet.

”Om et år vil jeg komme igen og se, hvordan det står til. Hvis alt så er gået godt i den forløbne tid og stadig står vel til, så vil jeg fortælle det samme til dig, ravn, som jeg nu har fortalt de to andre. Og nu er tiden inde til farvel.”

Øyli rejste sig majestætisk og gik hen til de to egern, der

mætte og trætte lå og sov på stablen af hegnsstolper, tæt ved siden af hinanden.

”Små søstre!” sagde han og puffede til dem med mulen. ”Vil I med mig?”

De to egern missede med øjnene og strakte sig dovent.

”En alfesjæl vil jeg finde til jer, så I kan vende tilbage til Sivert og Ansiger igen. I forstår ikke så meget, sådan som I er nu, men Sivert og Ansiger er I glade for, ikke?”

De to egern krydsede poterne på en pudsig måde og lagde hovederne på skrå. De så skiftesvis på Øyli og de to brødre og peb sagte.

”Ja, det er svært at forstå,” sagde Øyli. ”I skal få lov til at blive egern igen, hvis I ikke kan lide den nye skikkelse. I får en tids betænkning. Men nu må vi af sted. Tiden er inde.”

Så hoppede de to små op på Øylis ryg og satte sig til rette højt oppe på hans kæmpenakke. Og uden videre dikkedarer vandrede han bort. Da han var lidt væk, vendte han sig og så på de tilbageblevne med sine glødende øjne. Og længe efter at han måtte være forsvundet, stod de to matrøde skiver svagt lysende i natten.

Brødrene og ravnen stirrede tavse efter ham. Og først

da de lysende skiver langsomt var falmet helt bort, rejste de sig og gik op til huset.

SKYGGETROLDEN OG BØRNENE

Kapitel 1: Skyggetrolden

Det var en dejlig sommereftermiddag. Julie og Jan cyklede målbevidst afsted. De skulle ud til en lille skov, der lå tæt ved den lille provinsby, hvor Julie boede, og spise deres madpakker der. Jan var Julies fætter og var på sommerferiebesøg hos hende og hendes forældre. Men efter udseendet at dømme kunne han lige så godt have været hendes bror, lige så lys og med det samme venlige runde ansigt. Indeni var de dog ikke særlig ens. Men de havde altid leget godt sammen.

I går havde de også været oppe i den lille skov, og der havde de spist deres madpakker. Da de cyklede hjem, havde de talt om trolde. Julie havde sagt: "Somme tider er jeg bange for, hvis der er trolde henne i skoven."

"Det er da kun i eventyrene, at der er trolde," havde Jan overbærende svaret. Han gik i 7. klasse og følte sig ikke så lidt klogere end Julie, der kun gik i 6. "Du siger det også kun for sjov, ikke?" havde han fortsat.

"Det ved jeg ikke rigtigt." Julies lille lyse ansigt havde set spekulativt frem for sig. "Hvad nu, hvis de stivner som gamle træer og træstubbe, når vi ser på dem, og så bliver levende, når vi kigger væk?"

"Pjat med dig." Jan havde løftet sig lidt i sædet, og de trådte i kraftigt i pedalerne op ad en lille bakke. "Det var jo kun noget, de troede på i gamle dage."

Men Julie havde fået en idé. ”Hvis der nu ER trolde ... og alt sådan noget ... tror du så ikke, at man kunne få dem at se, hvis man TROEDE på dem? ... Og ... og måske havde en gave med til dem?”

”Vrøvl.” Jan gad ikke diskutere det mere.

Men Julie havde bidt sig fast i ideen. Den næste dag ville hun tage en gave med ud i skoven til en af de trolde, som måske var der. Og nu var de næsten derude igen. For Jan var taget med ’for en sikkerheds skyld’, selv om han stadig mente, at det var temmelig fjollet.

De kørte den kendte vej ind i skoven. Det var en lille udløber af en lidt større skov, der bredte sig længere ind i landet, men det hele var yderst civiliseret. Der var traktorspor efter skovarbejdere, som havde lagt træstammer i pæne stabler, der var små indhegnede områder med nyplantninger og pæne grusstier, der førte frem og tilbage. Trolde her? tænkte Jan. Aldrig!

Men Julie lod til at være meget optaget af sin ide. Hendes gave var et af hendes egne armbånd, et tyndt ét af sølv. Nu så hun sig ivrigt omkring. Hendes blik faldt prøvende på alt, hvad der var knudret og uregelmæssigt. Men det var Jan, der fandt den. Et sted, hvor de ikke før havde været. En høj jordknold, hvor rodstumper stak ud forneden, og hvor tynde grene og småbuske slørede omridset foroven. Det lignede grangiveligt en stor plump skikkelse, der bøjede sig forover, så det store hoved rørte jorden. Julie stirrede på den med ærefrygt. Ja, hvis der nogen sinde havde været en stivnet trold, så måtte det være den! Jan puffede drillende til sin kusine: "Sæt så armbåndet på, Julie! Nogen bedre trold end den der får du nok ikke!"

"Ja, ja," hviskede Julie og bevægede sig forsigtigt gennem græsset hen til jordknolden. Hun hængte armbåndet på en rodtrevl, som hun syntes sad på håndens plads.

"Værs'go, trold!" sagde hun åndeløst. "Ku' du så ikke tage og blive levende, når vi nu tror på dig?"

"Jeg gør ikke," hviskede Jan for sig selv. Begge stirrede de på jordklumpen. Da hørte de en sagte brummende latter bag sig.

"Blinde har menneskene altid været! Men børn ser dog tydeligere end voksne."

Forskrækkede vendte Jan og Julie sig om. Først kunne de ingen se, men så sansede de en bevægelse i skyggen af et stort buskads. For deres lamslåede blikke så de skyggen 'folde sig ud'. Det var den beskrivelse, der bedst passede på de store mørke folder, der langsomt blev slået ud og åbenbarede et glimmerværk af farver og et sjovt rundt ansigt med to glimtende gule øjne og en bred mund ligesom en frøs.

"Ikke bange," sagde væsenet, mens den rystede vingerne eller tæppefolderne, eller hvad det nu var, i en regn af farvestrålende gnister. "Ikke bange, små børn," sagde den igen og smilede venligt.

"Vi er ... " Jan opdagede, at stemmen havde forladt ham. Vi er da heller ikke bange, ville han have sagt.

"Det er godt," svarede væsenet, som om Jan havde fået det sagt alligevel. "Heller ikke dig, vel?" Det kiggede nøje på Julie.

Denne havde været stiv af skræk, men da væsenet så på hende med sine venlige øjne, forstod hun, at hun ikke havde noget at frygte fra det. Angsten gled af hende, som en kappe, man ryster af sig, og hun rystede på hovedet.

Væsenet præsenterede sig. "Jeg er en skyggetrold. Sådan én har I aldrig hørt om før, vel? Nej. For vi har ikke reklameret for os selv. Og vi kommer heller ikke her fra, hvor I bor. Men I kender os alligevel. Vi er fulde af historier, eventyr, drømme og oplevelser. De gnistrer ud af vores folder og flyver rundt, til de finder én, der kan fortælle dem eller drømme dem. En sjælden gang opleve dem! Ind i mellem fortæller vi selv. Og I skal ikke være bange. Vi er nok en slags trolde, men også en slags feer."

Så tog Jan mod til sig og sagde: "Så er det andet der ikke nogen rigtig trold, vel?" Han nikkede med hovedet over mod den store jordklump, hvor sølvarmbåndet hang på sin rodtrevl og lyste i et solstrejf.

"Jo, hvis I vil have det, så er det," sagde skyggetrolden. "Men alle de store gamle trolde er vandret bort for længe siden. Her er blevet alt for civiliseret for dem. Men se nu."

Han rystede sine sorte folder, så en lille gnistregn faldt på jordklumpen.

Og for Jans og Julies undrende øjne begyndte den at bevæge sig. Langsomt rejste en stor skikkelse sig op, nu ikke mere af jord. Løsrevne græstotter og små jordklumper faldt ned, da skikkelsen satte sig op og så sig omkring med slørede øjne. Sølvarmbåndet var kommet til at hænge omme i nakken på den. Dens blik gled rundt, strejfede uden interesse Julie og Jan og blev så hængende ved skyggetrolden. En hæs stemme brød frem.

"Iliar! Du her! Hvor længe har jeg sovet?"

"I tusind år har du sovet, min ven," sagde skyggetrolden. "De andre drog mod vest. De kunne ikke vække dig dengang. Nu er tiden kommet for dig. De venter på dig."

"Hvad med dig, Iliar? Kommer du ikke også?"

"Nej, jeg og min familie kommer ikke. Men du må hilse de gamle fra mig. Og fra Julie og Jan. De har givet dig en gave."

"Julie og Jan? Er det de to menneskeorm der?"

"Ja, det er det. Og pigens gave er gledet om i nakken på dig."

Den vækkede trold tog sig til nakken og fiskede sølvarmbåndet frem. "Længe siden, at jeg har fået gaver. Meget værd. Lad dem få mit jordeje til gengæld. Nu vil jeg sige farvel. Magnur længes mod vest. Måske ses vi der alligevel en dag, Iliar?"

Men Iliar rystede på hovedet.

Så rejste den græs- og buskklædte kæmpe sig i sin fulde højde. Han snusede mod vest. Så begav han sig afsted med lange gungrende skridt. For hvert skridt dryssede der lidt jord af ham. På ganske kort tid var skikkelsen borte, og kun sporene var tilbage: Knækkede småtræer og nedtrådte buske og så det store hul i jorden, som den havde rejst sig fra.

Julie stirrede i den retning, hvor trolden var forsvundet. ”Ser vi ham nu aldrig mer?” spurgte hun, helt bedrøvet.

”Det tror jeg ikke,” sagde skyggetrolden. ”Men se, hvad han efterlod jer!”

I det store kraterlignende hul i jorden lå der to flade runde jordede genstande, måske mønter.

”Tag dem med jer,” sagde Iliar. ”Find ud af deres værdi. Jeg tror, at de er meget værd.”

”Hvis vi tager dem med hjem, skal de måske på museum,” sagde Jan.

”Ja, det bliver jeres sag at finde ud af det,” sagde Iliar. ”Men nu har I altså set en rigtig trold, ja, to, for jeg er sandelig også en selv, bare en anden slags end dem, som I sikkert har hørt mest om.” Han begyndte at folde sig sammen.

”Hov, forsvinder du også?” udbrød Julie helt ophidset. ”Skal vi heller aldrig se dig mere?”

”I kan jo prøve her igen, hvis I vil mig noget,” svarede Iliar. Så foldede han sig helt ind i skyggen og forsvandt.

Forbløffede stirrede Julie og Jan på stedet, hvor han havde været. Der lå endnu et par lysgnister og glødede. Så var også de væk.

I tavshed gik de to børn nu hen og samlede de to jordede genstande op fra troldekrateret. Der var en til hver. Da de fik gnedet jorden af, så de, at det VAR mønter. De var af blankt metal, men om det var sølv eller guld eller noget andet, kunne de ikke sige. Der var også nogle udviskede indgraveringer, men de var så utydelige, at de ikke engang kunne se, om det var billeder eller bogstaver. Betaget over deres fund begav de sig omsider på hjemvejen. Først da de kom hjem, opdagede de, at de helt havde glemt at spise deres madpakker.

Julies mor, som var hjemmearbejdende, fik historien med det samme. Om aftenen fik Julies far den. Begge forældre rystede lidt på hovedet af den. Sikke en fantasi, de børn havde. Kun mønterne vidste de ikke rigtigt, hvad de skulle sige til, de var jo både til at se på og røre ved.

"Ja, de ser virkelig gamle ud," sagde Julies far.

Moderen gned lidt på den ene af dem. "Det er vist ikke guld," sagde hun. "Men sølv tror jeg heller ikke, det er." Eftertænksomt vendte og drejede hun mønten i hånden.

Faderen sagde: "Nu må I ikke blive alt for kede af det, børn. Men sådan nogle gamle uvurderlige mønter må vi ikke bare beholde. Det er jo danefæ. Det har I lært om i skolen, ikke?" Jan nikkede, Julie rystede på hovedet.

Hendes far fortsatte: "Danefæ er sådan nogle ældgamle ting, som man finder i jorden. De stammer fra tidligere tiders mennesker. De skal ind på Nationalmuseet. Så vi må kontakte dem derinde."

"Selvfølgelig," sagde Jan.

"Måske kunne vi beholde den ene?" Julie kiggede forhåbningsfuldt op på sin far. "Som et minde?"

"Måske," sagde far. Men han lød ikke, som om han troede på det.

Kapitel 2. Mønterne

Nationalmuseets folk kom allerede næste dag. Da de så mønterne, blev de helt ophidsede. Aldrig før havde de set sådanne mønter. De kunne hverken tids- eller stedfæste dem eller finde ud af, hvilken værdi, de kunne have haft. Der blev taget billeder af dem, og af Julie og Jan, hvor de stod hver med en mønt i hånden. Der blev også taget et billede af Julies mor. Faderen blev ikke fotograferet, da han netop var i færd med at passe sit arbejde for DSB og i dette øjeblik susede af sted over Fyns land. Julies og Jans beretning blev i korte træk skrevet ned, og de fik lovning på en kontant sum, der ville blive sendt til dem, når mønterne var blevet værdibestemt.

Og så kørte de alle ud i skoven for at se stedet, hvor mønterne var blevet fundet. Måske skulle et arkæologihold i gang her for at se, om man kunne finde mere i jorden.

"Måske skyldes krateret et meteornedslag," sagde en af mændene.

"Vi ville gerne have haft et billede af jeres trold," sagde fotografen drillende til Jan og Julie. Julie pegede på stedet, hvor skyggetrolden havde været dagen før. "Det var der, han var," sagde hun.

"Hm," sagde fotografen og kløede sig i sin lysebrune hårmanke. "Jeg kan nu ikke se andet end græs og buske.

Men for sjovs skyld kan jeg da godt tage et billede." Og så tog han et par billeder af græsset og buskene.

Ved aftensmaden var Julie i dårligt humør. "Det var nu ærgerligt, at vi ikke måtte beholde mønterne," sagde hun. Hun øste en stor skefuld op på sin tallerken af moderens dampende varme kartoffelsalat, som var en af hendes livretter. "Vi nåede næsten ikke at have dem, før de var væk."

"Nej, sådan går det," sagde faderen. Det skulle vist være en trøst. "Men vi kan se dem, når de bliver udstillet. Lige så tit, vi vil."

"Det er nu ikke det samme," sagde Julie.

"Nu har vi altså den ordning her i landet," sagde far. "Og du må da indrømme, at det er bedre, at alle kan få glæde af vore skatte, end at de ligger gemt rundt om hos tilfældige privatpersoner, synes du ikke?"

"Joeh, men ... " Julie trak lidt på det. Jan sagde: "Hun mener, at det synes hun også, undtagen når det gælder de mønter, som HUN har fundet. Ikke Julie?" Drillende stak han hende en albue i siden. Julie kom til at smile og nikkede.

Men næste morgen fik de en overraskelse. På hver deres værelse opdagede både Julie og Jan, at der i deres seng lå en mønt, der til forveksling lignede den, som de havde fundet oppe i skoven. I dag var den bare ikke fuld af jord, men blankpudset og skinnende. Undrende løb de begge ud af deres værelser for at vække den anden og var lige ved at støde sammen i gangen.

”Den er kommet tilbage!” råbte Julie glædestrålende. ”Den vil kun være her!”

Hendes far, der endnu ikke var taget på arbejde, kom til. ”Hvad er nu det for noget?” spurgte han forvirret. Julie og Jan forklarede ham det. Han så eftertænksomt på mønterne. ”Mystisk,” sagde han til sidst. ”Men I bliver nødt til at kontakte Nationalmuseet. De savner dem sikkert derinde. Mor kan hjælpe jer med at finde nummeret, hvis vi ikke har noget fra i går, som det står på. Jeg har ikke tid nu, jeg må snart afsted.” Han gik ned i køkkenet igen for at spise sin morgenmad færdig.

Jan hviskede til Julie, der var blevet noget lang i ansigtet ved faderens ord: ”De kommer måske tilbage hver nat! Hver gang, de bliver hentet til museet, kommer de måske tilbage igen!” Julie lyste op igen. ”Tror du?” hviskede hun ophidset. ”Hvis de gør det, så er det rigtige tryllemønter.”

På Nationalmuseet var der stor opstandelse. De uvurderlige mønter var forsvundet, sandsynligvis stjålet, og alt pegede på, at gerningsmanden skulle findes mellem de få, der havde haft med mønterne at gøre dagen før, da ingen andre vidste noget om dem endnu, og aviserne først bragte nyheden om fundet i dag. Der var intet tegn på indbrud. Det var pinligt, skandaløst.

Jans og Julies opringning medførte en stor lettelse. Men

det affødte til gengæld et nyt mysterium. Hvordan var mønterne havnet hos børnene igen? Der var heldigvis ingen, der troede, at Julie og Jan havde været på tyvetogt i København om natten. Det blev nu aftalt, at Nationalmuseets folk skulle hente skatten på ny senere samme dag.

Efter morgenmaden cyklede de to børn ud for at besøge Iliar igen. Mønterne overlod de til Julies mor at videregive til museumsfolkene. Det var ikke så slemt som selv at aflevere dem, og desuden var de NÆSTEN helt overbeviste om, at mønterne ville vende tilbage til dem om natten igen.

Ude i skoven tog de direkte hen til skyggetroldens tilholdssted. "Skyggetrold, skyggetrold, kom frit frem!" råbte de.

Og straks begyndte buskadsets mørke skygge at blive levende foran dem. Mørke folder tog form, og 'tæppet' foldede sig ud. Lysende gnister begyndte at springe. Iliar stak sit store venlige ansigt ud af de mørke bølger og smilede til dem. Med arm-'folderne' viftede han blidt hen imod børnene, så det regnede ned over dem med farvestrålende funker.

"Nå, der er I," sagde han brummende. "Jeg tænkte nok, at I ville komme i dag. Jeg har lyst til at fortælle jer et eventyr. Men fortæl mig først, hvordan det er gået med mønterne! Jeg hørte, hvad de folk snakkede om, som var herude og kigge på hullet i jorden. De skulle have jeres mønter med på museum! – hvad det så end er for noget."

"De kom tilbage!" Julie råbte helt af iver. "De blev ikke derinde!"

"Aha! Ja, det tænkte jeg også nok. Det der museum kan ikke holde på dem."

Jan sagde: "Et museum er sådan en slags udstilling. Med gamle ting. Her, hvor vi bor, skal vi aflevere alle gamle ting, som vi finder i jorden til Nationalmuseet. Det er et museum for hele landet. Vi har ringet til dem og sagt, at mønterne er her hos os igen. De kan ikke forstå det, men de kommer i dag og henter dem igen. De vil undersøge dem og alt muligt. Men vi, altså Julie og mig, vi tror, at de kommer tilbage til os igen i nat."

"Det kan I også roligt regne med, at de gør!" Skygge-trolden smilede bredt, og hans runde gule øjne glimtede. "Det er eventyrmønter, børn! Nu har de vist deres sande natur, de vil ikke ligge på museum!"

"Hvorfor sagde du forresten den anden dag, at menne-sker er blinde? Vi SÅ jo trolden." Det var Julie.

"Ja, men ikke før jeg hjalp jer, små venner. Men I er børn, og børn er mindre blinde end voksne. Men mig så I slet ikke! Og I ser mig stadig kun, når JEG vil! Så lidt blinde er I da!"

"Okay," sagde Julie.

"Vil du fortælle os et eventyr?" spurgte Jan.

"Ja. Det har jeg lyst til. Find jer et godt sted at sidde i græsset, så viser jeg jer billeder og fortæller." Iliar strakte en lang bred sort fold ud, på hvilken der begyndte at danne sig flimrende billeder, som langsomt blev tydeligere. Han fortalte til billederne. Det var en historie om en lille pige, en prinsesse, som en ond troldmand skabte om til en kylling. Han ville kun trylle hende tilbage igen, hvis hendes far kongen gav ham en meget stor betaling.

Det ophidsede både Julie og Jan. "Hvor er det ledt gjort," sagde de begge. "Ja," sagde skyggetrolden. "Sådan har onde mennesker båret sig ad siden de allerførste dage."

"Hvad gjorde kongen så?" Igen talte de to børn i munden på hinanden.

"Han gik til en anden troldmand." Billederne skiftede på 'lærredet', og man så kongen ride af sted sammen med en gruppe vagter. De var på vej hen til den anden troldmand.

Historien sluttede med, at troldmand nummer to overvandt troldmand nummer et, og den lille prinsesse fik sin rigtige skikkelse igen.

"Nå, hvad synes I så? Var det en god historie?"

"Ja, mon ikke," sagde Jan.

"Den stakkels lille prinsesse!" Julie var stadig inde i historien.

"I kan jo komme igen i morgen. Så vil jeg fortælle jer en anden historie," foreslog skyggetrolden.

"Ja, søde Iliar! Det vil vi gerne!" råbte Julie og slog armene om ham. Hendes ansigt fik et pudsigt udtryk, da hun nærmest forsvandt ind i det bløde sorte og fik fat i – ingenting.

"Skyggetrold!" råbte hun fortrydeligt. "Hvor er du?"

"Her, stakkels ven," sagde Iliar og klappede hende på hovedet med en blød fold af sin 'arm'. "Jeg dur ikke til at omfavnes. Det har jeg alt for lidt krop til."

Julie, der var faldet ned på knæene, rejste sig op. Hun smilede igen. "Jeg kan nu godt lide dig alligevel," sagde hun.

Kapitel 3: Billedet. Victor

Da de kom hjem, havde Nationalmuseets folk allerede været der og hentet mønterne. I nat ville de sætte vagt ved dem. Til børnene havde de haft et billede med i en kuvert fra fotografen. Uden på havde han skrevet: Billede af stedet, hvor trolden var. Julies mor havde fået konvolutten, og nu gav hun Julie og Jan den. "Jeg skulle spørge fra fotografen, om I lavede sjov med ham? Jeg ved ikke, hvad han mente med det, for jeg har ikke åbnet kuverten."

De to børn åbnede straks konvolutten. Et mørkt billede faldt ud på bordet. Tre hoveder bøjede sig nysgerrigt over det.

"Dér er han jo!" jublede Julie og Jan.

"Hvor?" sagde mor. "Der er da ingenting!"

"Dér, mor!" Julie pegede.

"Der er da ikke noget!" Moderen anstrengte sig for at se. "Jeg KAN altså kun se noget buskværk!"

"Jamen, han er der altså!" Jan så undersøgende på Julies mor. Det så ikke ud, som om hun lavede sjov med dem. Så fik han en tanke. "Måske er det kun os, der kan se ham? Måske kan voksne ikke?"

Julie sagde: "Måske er det, fordi du ikke rigtigt tror på ham, mor?"

"Måske," sagde hendes mor. "Men hvorfor spørger fotografen så, om I laver sjov med ham? Selv om han kun har fotograferet en busk, så er det vel ikke at lave sjov med ham?"

"Hm." Jan kløede sig i nakken. Julie fik pludselig en idé: "Måske ser folk noget forskelligt? Måske ser fotografen noget helt andet?"

"Selvfølgelig!" råbte Jan. "Selvfølgelig! Der var du næsten lige så kvik, som jeg selv kunne have været! Vi spørger ham, hvad HAN ser!"

"Jaeh, det er vel ikke for sent at ringe," sagde mor og så på klokken.

Det viste sig, at fotografen så en lillebitte smilende dame i bikini. Hun holdt et lille skilt i hånden, hvorpå der stod: hi, hi! I virkeligheden troede fotografen ikke på, at det var Jan og Julie, der havde lavet et nummer med ham, for hvor skulle de have gemt dukken på turen ud til skoven, og hvornår skulle de have stillet den op, uden at nogen så det? Men hvordan var det så gået til?

"Det er trolden, der laver sjov med dig," sagde Julie gravalvorligt i telefonen.

"Ha!" sagde fotografen, (som hed Jørgen). "I tror virkelig på det, hva'!"

"Ja, og hvis du viser billedet til nogle andre, så ser de måske noget andet!"

"Endnu en gang ha!" sagde Jørgen. "Næ, du. Ikke i vores

tid. I kan altså ikke hjælpe mig med mysteriet. Men I skal have tak, fordi I ringede!" Og så ringede han af.

"Det eneste, han kunne sige, var ha!" sagde Julie.

"Det stod der jo næsten også på skiltet," sagde Jan.

Senere samme aften fik Julies far forevist billedet. Men han kunne ligesom moderen kun se en busk og noget græs.

"Vi viser det også til nogle andre, ikke Julie?" Jan var blevet helt ivrig. "Vi kunne vise det til ham den anden dreng nede af vejen, ikke?"

"Det kan vi godt."

Den anden dreng hed Victor. Han var kun lige akkurat så høj som Julie og tæt bygget. Han og Julie legede af og til sammen. Han gik i 6. lige som hun, men i en parallelklasse. Hans venlige ansigt med ansats til krøller i det mørke hår lyste op i et stort smil, da han så Julie og Jan. Victor kunne sagtens se Skyggetrolden. I den lune sommeraften var det endog, som om troldens konturer løftede sig lidt fra papiret, så de alle tre så ham tydeligere. Jan og Julie fortalte Victor om Iliar og mønterne.

"Årh, må jeg ikke komme med ud til ham i morgen?" bad han. Julie og Jan så på hinanden. Det kunne der vel ikke være noget i vejen for. De aftalte så at mødes næste morgen.

Den næste morgen fandt Julie og Jan igen deres mønter i sengene, som de havde ventet. Og klokken otte ringede telefonen. Det var fra Nationalmuseet. Vagten havde haft øjnene klistret til mønterne, og præcis på slaget tolv var de forsvundet. Mønterne altså. Simpelthen forsvundet. Intet indbrud eller noget. Om de var dukket op hos Jan og Julie? Ja, det var de. Om det var i orden, at man ringede igen senere på dagen, når man på museet havde fået gennemdrøftet sagen? Ja, naturligvis. Men så farvel så længe da. Farvel, farvel.

Snart efter var de tre børn på vej ud til skyggetrolden. Denne gang mødte de ham på den lille sti, der førte ind i skoven.

"Dav," sagde han og hilste venligt på dem alle tre. "Og hvem er du så?" spurgte han Victor. Den lille tætte mørkhårede fyr præsenterede sig. "Og du?" blev Iliar selv spurgt bagefter. "Er du altid herude?"

"Ikke altid. For tiden. Men nu må jeg finde et andet sted at være end der, hvor jeg har været indtil nu, for de er ved at grave jorden op derhenne."

"Det er nok dem fra Nationalmuseet," sagde Jan.

"Det er det sikkert." Iliar nikkede. "De vil vel prøve at finde flere mønter."

Julie sagde: "Men det er der jo ikke."

"Lad dem grave," sagde Iliar. "De vil selv se efter."

"Du må godt være hjemme i vores have," tilbød Julie.

"Tak skal du have. Men i folks haver kommer jeg kun,

hvis det er meget nødvendigt. Der er alt for megen uro efter min smag. Selv om jeg prøver at følge med tiden, er jeg trods alt en trold med rødder i det urgamle og stille.”

Victor gyste velbehageligt. En rigtig trold! Men han stod og var ved at brænde inde med et spørgsmål, som han ikke rigtig vidste, om han turde stille. ”Men trolde altså …” begyndte han. ”Ja?” Iliar så fornøjet på ham, som om han vidste, hvad Victor ville spørge om. Jan kom uden at vide det Victor til hjælp. ”Iliar, hvad spiser trolde egentlig? Jeg kender da nogle gamle eventyr, hvor de spiser … æh …” Da det kom til stykket, kunne Jan heller ikke få det sagt. Iliar hjalp dem: ”I mener mennesker? Om trolde spiser mennesker? Altså i gamle dage var der nogen, der gjorde. Men ikke alle.”

”Men hvis du ikke havde været her i går, ville den trold Ma …, hvad hed han nu, ville han så have ædt os?”

”Overhovedet ikke. For det første har Magnurs folk aldrig spist mennesker. Kun dyr. Og for det andet, så var han slet ikke vågnet, hvis jeg ikke havde været der. Og dem, som jeg hører til, skyggetroldene, vi spiser heller ikke mennesker, vær helt rolige for det. Hvis I endelig vil vide det, så har vi slet ingen maver.”

”Jamen, hvad spiser I så?” spurgte Julie.

”Lys og dufte, min ven. Lys og dufte. Det lys, som vi indsuger, det bliver til gnister og energi, og duftene bliver til eventyr.”

"Tænk, at du gider!" Julie så kærligt på skyggetrolden. "Tænk, at du gider fortælle eventyr for bare os tre!"

"Det gider jeg altså. Og måske fortæller I dem videre en dag. Men jeg har også en anden grund. Snart vil jeg bede en af jer om at hjælpe mig med noget. Men sæt jer nu til rette, så kommer dagens eventyr. Og så fik børnene en fortælling om en af de trolde, som de var så optaget af. Han var en stor fyr, (her lod Iliar et billede af trolden tone frem i sine folder) som gik og stjal får fra bønderne. Han mente, at når fårene græssede på HANS områder, så var de hans. Det mente bønderne ikke. (Her så børnene et billede af de ophidsede bønder.) De var slet ikke klar over, at jorden tilhørte trolden. Der måtte en hel del palaver til, før trold og bønder blev enige om en grænse.

Victor sagde: "Øj, hvor var han flot, ham trolden! Sikke en næse! Sikke nogle arme! Mand!" Og så sukkede han længselsfuldt. Julie så undrende på ham. "Mener du, at du godt ville se sådan ud?" – "Ja, hvorfor ikke? Se mig komme gungrende!" Victor forsøgte at gå hårdt og tungt. "Og så sprænger jeg mig bare en vej igennem fjeldet! Sådan!" Victor gjorde nogle fejebevægelser med armene.

"Hm." Julie så på ham. "Sådan gik trolden da ikke!"

"Nå." Victor rettede sig op igen. "Jeg er jo heller ikke ham, vel? Men det kunne have været fedt."

"Nå, nu får I ikke mere denne gang," sagde skyggetrolden. "Kom igen i morgen, hvis I har lyst!"

"Kan du godt lide, at vi kommer?" spurgte Jan.

”Ja, da,” gnistrede Iliar. ”Det er for jeres skyld, at jeg er
her. Men det vender jeg tilbage til. Lige nu tror jeg, at I
skal hjem. Jeg kan mærke, at der er bud efter jeres stak-
kels mønter én gang til!”

Kapitel 4: Mønterne igen på museum

Derhjemme sad en mand fra Nationalmuseet og ventede på dem. Da han så dem, rømmede han sig og sagde: " Ja, børn, I har vel ikke noget imod, at jeg går lige til sagen?" Julie og Jan rystede på hovederne og så afventende ud. De vidste på forhånd, at han igen ville have deres mønter. Victor stod lige bagved dem, og man kunne næsten SE hans ører blafre for at få det hele med.

Ja, de havde jo det problem på museet, at mønterne forsvandt hver nat klokken tolv. Hvis det fortsatte sådan, var der jo egentlig ingen fornuft i at blive ved med at hente mønterne ind på museet. Man var nu kommet til det resultat, at hvis børnene ville overlade dem de gamle mønter én gang til, og de så igen vendte tilbage til dem, ville man ikke gøre yderligere krav på dem.

Uden et ord tog Julie og Jan hver sin mønt op af hver sin lomme og gav museumsmanden dem.

"Tak skal I have, børn," sagde han. "I ser ud til at være temmelig sikre på, at de kommer igen." Jan og Julie nikkede. Victors øjne stod på stilke. "Jamen, så farvel da! Og også tak til Dem, frue, for kaffen!" Manden rejste sig, smilede og gav dem alle hånden, inden han forsvandt ud til sin bil.

”Mand!” sagde Victor, da museumsmanden var kørt. Julie syntes, at Victor nogle gange var ret barnlig, men alligevel var han en af de drenge fra skolen, som hun følte sig bedst tilpas sammen med.

Bagefter fandt Jan og Victor sammen over skakbrættet. De var nogenlunde jævnbyrdige. Julie, der følte sig udenfor, listede hen og puttede sig hos sin far. Han havde fridag.

”Hvornår må jeg komme en tur med dig med toget igen?”

”Det kan du da, når det skal være! Har du lyst til at komme med i morgen? Måske også Jan, selv om jeg helst kun vil have én med. Men jer alle tre kan jeg altså ikke tage med.”

”Nu spiller de jo sammen, far. Så kunne de to da godt blive hjemme, ikke?”

”Ih, hvor du fedter!” smilede faderen. ”Du skulle bare tage også og lære at spille skak! Jeg vil gerne lære dig det, hvis du har lyst.”

Et øjeblik efter sad et nyt par bøjet over det andet skakbræt.

Næste dag så Iliar kun Julie komme kørende ad den lille skovvej.

”Hvor er de andre to?” spurgte han.

”De skulle lige have spillet et spil skak færdigt, og det gad jeg ikke vente på.”

”Aha. Spillet over alle spil. Kan du spille det?”

”Min far er ved at lære mig det. Men jeg taber hele tiden.”

”Det gør man i begyndelsen. Du har måske slet ikke lyst til at høre en historie i dag?”

”Jo. Kan du ikke én om en sød lille prinsesse?”

”Prinsesse Julie?” Skyggetrolden smilede lunt.

Julie rødmede og rystede på hovedet. Så kom hun til at smile. Iliar fortsatte: ”Du kan godt få en historie om en sød lille prinsesse. Som altså ikke må hedde Julie. Og hvis du har lyst en dag, kan du selv være med i en historie.”

”Er det ikke farligt?”

”Du er jo ikke alene i historien. Der vil også være nogen til at hjælpe dig. Men nu skal du få historien om en lille prinsesse, der fik en trold til gudfar.”

”Den trold, var det dig?” spurgte Julie nysgerrigt.

”Måske. Måske ikke,” sagde Iliar og satte et meget mystisk ansigt op.

Midt i historien kom de to drenge. De havde ladet skakspillet stå og ville spille det færdigt senere den dag. De nåede lige at få det sidste med af historien. Men da Iliar syntes, at han var færdig med at fortælle, så syntes børnene, at der manglede noget. De syntes ikke, at historien havde en rigtig slutning. Iliar sagde: ”En dag får I slutningen, børn. Måske er det en historie, som ikke selv er helt færdig. Kan I forstå det?”

"Ikke rigtigt," sagde Julie.

"Jeg lover jer, at der kommer en slutning en dag. Det må I nøjes med for i dag." Og så foldede han sig sammen og forsvandt.

Kapitel 5: Julies togtur

Næste morgen var mønterne naturligvis tilbage. Julie tog sin og kyssede den. "Velkommen igen, mønt!" sagde hun. "Nu skal du blive her hos Julie og ikke ud at rejse hele tiden, når du nu ikke vil, vel?"

Snart efter var hun med sin far på vej til arbejde. Jan skulle ikke med. Han havde aftalt at spille skak med Victor.

I toget fik Julie lov til at gå lidt rundt alene, mens hendes far billetterede. Hun havde lært at se på pladsreservationerne over sæderne og fandt sig en god vinduesplads, hvor der ikke ville komme nogen foreløbig. Julie elskede at køre i tog og sidde og hygge sig med blade, spil og sin madpakke. Helst ville hun have haft sin skoleveninde Anja med, men Anja var på ferie med sine forældre. Men på den næste station steg en lille pige, lidt yngre end hun selv, på toget. Hun fandt sin plads ikke langt fra Julie. Denne skævede til hende. Hun så sød ud, med lysebrunt kort hår og en mund, der så ud, som om den smilede for sig selv.

Pludselig løftede pigen hovedet og så over på Julie. Så smilede hun rigtigt, og Julie smilede tilbage.

Det viste sig, at den anden pige hed Helle. Hun skulle for første gang rejse alene med toget til sin farmor i Aarhus, og hun glædede sig umådeligt. Hun havde næsten ikke sovet hele natten – men var alligevel ikke spor træt.

”Så sover du nok hele dagen, når du er kommet derhen,” trøstede Julie.

Helle viste Julie sin billet. Og alt det andet, som hun havde med til rejsen: Et opgaveblad for børn, en pose bolsjer og karameller (Julie fik nogle), et par tegneserier, en madpakke til et helt regiment og to sodavand. Hun havde også sin dukke med, den skulle også ud og se sig om. Den havde sin frakke på og sad og kiggede op af rygsækken. Og det bedste af det hele: en gave til farmor, et par grydelapper, som Helle selv havde strikket. Der lå ting omkring de to piger på hele sædet. Pludselig standsede toget, og der begyndte at komme nye rejsende ind. Helle pakkede hurtigt sine ting ned igen, og en tyk mand satte sig på sædet ud mod midtergangen. Da toget et øjeblik senere kørte, gik de to piger i gang med en kryds og tværs i opgavebladet.

”Nu kommer min far snart,” sagde Julie.

”Nå,” sagde Helle. ”Hvorfor sidder han ikke her sammen med dig? Hvor skal du forresten hen?”

”Bare ud at køre,” svarede Julie. ”Min far er billetkontrollør. Han må gerne tage mig med en gang i mellem.”

”Så kører du jo GRATIS!” hviskede Helle ophidset. ”Må du køre alt det, du vil?”

”Nej, nej. Jeg skulle også have siddet i personalekupeen, hvis det havde været rigtigt. Hvis alle pladser bliver optaget, skal jeg gå derind. Og det er ikke spor tit, at jeg er med ude at køre. Til hverdag er jeg jo også i skolen."

I den anden ende af togvognen kom Julies far nu ind.
"Nye rejsende? Nye rejsende?" messede han og begyndte at se folks billetter. Helle ledte efter sin. Hvor var den nu blevet af? Julie havde ingen bekymringer. Men Helles lille ansigt blev mere og mere ulykkeligt. "Jeg kan altså ikke finde den," hviskede hun og skævede samtidig forsigtigt til den tykke mand. Han læste i sin avis og lod ikke til at høre noget. Julies far kom nærmere, og Helle rodede og rodede i sin rygsæk. Nu blev Julie også bekymret. "Du havde den da lige før," sagde hun og begyndte også at lede, på sæderne og på gulvet. Nu var Julies far kommet til dem lige omme bag ved.
"Den er væk! Den er væk!" Store klare tårer begyndte at trille ned af Helles kinder. "Hvad skal jeg gøre? Du kan sagtens, du behøver ikke nogen. Jeg tror heller ikke, at jeg har penge nok!"
Den tykke mand skævede til pigerne. Det lod til, at den ene havde smidt sin billet væk. Men hvis man var venlig, blev man måske nødt til at tilbyde at betale pigens rejse. Og hun skulle måske helt til Skagen. Hellere lade som ingenting. Hende om det. Han holdt avisen tættere op til ansigtet og drejede sig lidt bort fra pigerne, mens han holdt sin egen billet klar.

Julie vidste ikke, hvad hun skulle gøre. Hvad ville hendes far sige? Måske skulle Helle stå af? Nej, det kunne hendes far da ikke gøre. Pludselig kom hun i tanker om sin mønt. Måske ville hendes far forstå, når han så mønten. Hurtigt tog hun den op af sin lomme og gav den til Helle. "Giv min far den, når han kommer. Det er betaling." Helle så grædende på mønten og sagde: "Hvad er det for en gammel én?" – "Giv ham den bare," hviskede Julie og var lige ved selv at komme til at græde. Inden i havde hun en sugende fornemmelse. Nu havde hun givet mønten væk. Måske kom den aldrig igen.

"Ja, må jeg se billetterne?" Julies far var der. Den tykke mand rakte sin frem.

"Jatak. Og jatak." Julies far nikkede til hende. "Har du også en billet," spurgte han Helle. Skælvende rakte Helle sin hånd frem og åbnede den. Indeni lå der et stykke papir, som var foldet sammen mange gange.

Julies far tog det og foldede det ud. "Aarhus. Jamen, det er da fint, min ven. Hvorfor ser du så så ked ud af det?"

Julie sagde: "Det er i orden, far. Hun troede bare, at hun havde tabt sin billet."

"Åh," sagde far. "Ja, den skal man passe godt på. Nå, jeg må videre. Og du ved, hvor du kan gå hen, ikke Julie?"

"Ja, far."

"Så hej med dig!" Og far var gået igen.

Tilbage sad Julie og Helle, temmelig lamslåede.

"Må jeg se billetten?" hviskede Julie. Den lignede virkelig en billet til forveksling. "Er det ikke den rigtige?"

"Det ved jeg ikke," sagde Helle. "Jeg ved bare, at det var mønten, som jeg havde i hånden, og nu er DEN væk." De to piger så mystificerede, men lettede på hinanden. Den tykke mand skævede igen til dem. Det lod til, at pigen havde fundet billetten alligevel. Nå, det var jo kun godt. Man ønskede jo ikke, at det skulle gå nogen dårligt.

Kapitel 6: Skakbrikken

Hjemme på Frydensvej havde de to drenge spillet skak. Men nu var humøret på nul. På gulvet lå årsagen i fire dele. Julies far havde et skakspil med brikker udskåret af alabast, som han var meget øm over. Det havde Jan og Victor 'lånt' i stedet for at tage det med træbrikkerne. Nu lå den hvide dronning i fire stykker på gulvet. Hvordan var det dog gået til? En tankeløs albue, et fald, en uvidende fod, hvordan sker sådan noget?

Nu kom Julies mor hjem fra indkøb. De kunne høre hende rumstere rundt ude i entreen. Hurtigt samlede Jan alle brikkerne, også stumperne af dronningen, sammen i æsken og stillede den tilbage i reolen. Victor så forbavset på ham.

"Vi bliver da nødt til at SIGE det, mand!"

"Senere," hviskede Jan. "Senere. Måske viser der sig noget."

"Hvad skulle der vise sig? Sagde du ikke, at han havde haft det spil med hjem fra udlandet? Vi kan ikke engang købe sådan en brik her, selv om vi havde haft penge. Og det har vi heller ikke. Det eneste, vi har, er din troldemønt." Victor rystede på hovedet. Men Jan gentog indtrængende: "Lad os vente med at sige det til i morgen!"

Tøvende gav Victor efter. "Men hvis du ikke siger det i morgen, så gør jeg det!"

Nu kom Julies mor ind i stuen. "Hvordan går det? Skal I ikke lidt ud i det gode vejr? I kan da også spille udenfor. Men måske er I færdige?" Hun så det tomme bord foran drengene.

"Ja, vi gider ikke spille mere i dag," sagde Jan. "Vi cykler en tur. Ikke, Victor?" Victor nikkede.

Så cyklede de afsted. I begyndelsen var de tavse, men det dejlige solskin og kroppens behagelige cyklebevægelser gjorde dem efterhånden lettere til mode. Selv Victor troede nu svagt, at der måske ville vise sig noget. Men i Jans hoved genlød Victors sætning "Det eneste, vi har, er din troldemønt!" Hvad mente han med det? De kunne da ikke købe en anden brik for den mønt. Skulle han give sin onkel mønten alligevel? Og hvad så? Skulle mønten så være dronninge-brikken? Eller måske skulle det være en undskyld-gave. "Når jeg giver dig det bedste, jeg har, så bliver du ikke så vred, vel?" Men det var jo noget pjat. Onklen ville aldrig få samme glæde af mønten som Jan. Jan forstod, hvad mønten var værd. Det gjorde onklen ikke.

Pludselig var de oppe i skoven hos Iliar. På hans nye tilholdssted, for på det gamle blev der stadig gravet. Uden at have aftalt det, var de cyklet derop. Og skyggetrolden var glad for at se dem. Han gnistrede som et helt festfyrværkeri. Men snart falmede hans gnister. Ham var Jan nemlig ikke bange for at fortælle om skakbrikken.

"I ved jo godt, at I skal fortælle det til Julies far," sagde han. "Men jeg kan fortælle jer en historie først." Og så fortalte han en lille historie om en mand, der hele tiden rejste rundt og fortalte folk, at han var meget rig. Men det kunne folk jo se, at han ikke var. Hans tøj var ikke særlig flot, og han boede på et billigt værelse og tog det arbejde, som han kunne få. Men han fortalte, at der, hvor han kom fra, der havde han et kæmpehus med tjenestefolk, en stor have med en dam med guldfisk i og en garage med flotte biler. Men folk så bare på ham og sagde: "Hvorfor blev du så ikke hjemme, hvor du har alt det?" Og de troede selvfølgelig ikke på ham.

Skyggetrolden så på drengene. "Ja, det var den historie," sagde han.

Jan satte en sur mule op. "Jeg er sikker på, at det var en, som jeg skulle lære noget af," sagde han.

"Tror du det? Lærte du så noget, da?"

"Hm. Du vil have, at jeg skal gå hjem og sige det. Men det gør jeg først i morgen."

"Ja, det må du jo selv bestemme. Men historien var altså mest om ikke at prale, ikke kun om ikke at lyve."

"Nej, nej, det forstår jeg godt. Forresten har jeg da heller ikke løjet."

"Det har du da. Så længe du ikke har sagt, at brikken er gået i stykker, siger du jo, at der ikke er sket noget med den." Jan svarede ikke.

"Vi kører hjem nu, Iliar," sagde Victor. "I morgen vil det være i orden." Trolden nikkede og smilede venligt til ham. "Kommer du igen i morgen?" spurgte han. "Det kan jeg godt," sagde Victor.

Om aftenen mødtes Victor og Julie på vejen uden for huset. Jan ville ikke med ud. Han sad på sit værelse og læste blade. Nu skulle de andre to selvfølgelig til at ævle om den dumme skakbrik. Åh, gid han var hjemme hos sig selv igen. Hvad VILLE onklen dog sige. Her var han, Jan, på ferie, og som tak ødelagde han noget af det mest uerstattelige, som hans onkel havde. Jan bladrede videre i bladbunken. Det var Julies blade, mest Anders And. Men han fandt et med en indianer i, som hed Sølvpil. Det gav han sig til at læse.

Ude på vejen fortalte Victor og Julie hinanden om dagens oplevelser.

"Det er jo oplagt," sagde Victor. "Jan skal bare putte sin mønt i æsken, så bliver den til en dronning. Lige som billetten."

"Ja, det skal han sikkert," sagde Julie. "Lad os gå ind og sige det til ham."

"Er du ked af, at du ikke har din mønt mere?" spurgte Victor.

"Ja," sagde Julie.

Men Jan ville ikke af med sin mønt. Han tog den op af lommen, så på den, pudsede den lidt og lagde den så tilbage igen.

"Åh, hvis jeg dog bare havde haft min endnu!" udbrød Julie og stak uvilkårligt hånden i den lomme, hvor den plejede at ligge. Men hvad var nu det? Det føltes, som om den lå der endnu. Hendes fingre greb om den og tog den op. Det VAR den! Undrende så de alle tre på den.

"Den KAN nok slet ikke gives væk, hva'!" sagde Victor undrende. "Men så kan du jo roligt slippe din, Jan!" Både han og Julie så nu afventende på Jan. Men Jan tøvede. "Der er bare det ... " Pause. "Ja, altså ... jeg har på fornemmelsen, at MIN ikke kommer tilbage, hvis jeg sådan giver den RIGTIGT væk. Det tror jeg kun, at din gør, Julie."

Men nu blev Julie vred. "Du er et rigtigt skvat, Jan. Okay, så lægger jeg MIN mønt ned til skakbrikkerne, så kan du sidde og kæle med din imens!" Og arrigt gik hun ind i stuen og plumpede mønten ned i skakæsken.

De behøvede ikke engang at vente til næste morgen for at se, om mønten havde virket. Lidt efter listede Julie ind igen og lindede på låget. Og dér lå de to dronninger, både den mørke og den lyse, lige så fejlfri, som da spillet blev købt. Og da Julie stak hånden i lommen, mærkede hun igen, denne gang som hun ventede, den nu kendte følelse af den glatte mønt.

"Alt i orden?" råbte Victor. Han var allerede på vej ud af døren.

"Ja, ja!" råbte Julie.

"Spise!" råbte mor. Jan sagde ikke noget.

Næste formiddag ringede han til sine forældre, om de ville komme og hente ham. Han havde det ikke så godt, sagde han. Og selv om Julies mor prøvede at forstå, hvad der var galt, fik hun ikke mere ud af ham. Det blev aftalt, at Jans far ville komme og hente ham om aftenen efter arbejdstid.

Julie vidste ikke, hvad hun skulle sige til Jan hele dagen, så hun listede hen til Victor. Jan blev på værelset. Han vidste ikke, om Julie vidste det, men selv sige det til hende kunne han ikke. Eller til Victor. Nej, ingen af dem skulle nogensinde få at vide, at han havde mistet sin mønt. Fra starten havde han ikke troet på Julies troldefantasier. Alligevel havde også han fået en tryllemønt. Og nu – som efter en eksamen, som han ikke havde bestået, havde han mistet den. Dumpet, dumpet, dumpet. Fortvivlet og rasende hamrede han en knytnæve ned i sengen.

Det bankede på døren. Det var Julies mor. "Har du det skidt, Jan? Kan jeg bringe dig noget eller hjælpe dig med noget?" – "Nej, tak, tante. Jeg tror, at jeg vil sove lidt." – "Jamen, så gør det. Jeg kigger op igen om en times tid."

Det lykkedes virkelig Jan at døse lidt. Senere kom Julies mor op med nogle flere blade og bøger til ham. Hun VAR nu sød, tænkte han og fik endnu mere ondt i sin dårlige samvittighed.

Da Julie og Victor om eftermiddagen kom tilbage fra Victors hus, så de Jans fars bil holde i indkørslen. Victor trak Julie i ærmet. "Vent, til de er kørt," sagde han.

"Hvorfor det? Jeg vil da gerne sige farvel."

"Det er DIG, han ikke vil se mere, kan du ikke forstå det?"

"Mig? Jamen, jeg har da ikke gjort ham noget!"

"Det er da på grund af den dronning, Julie. Jeg kan ikke forklare det bedre, men jeg VED, at det er derfor."

"Tror du virkelig? Men jeg synes alligevel, at vi skal sige ordentligt farvel."

"Og jeg tror, at det bare vil gøre det værre. Lad ham være i fred! Han bliver vel god igen."

Så lod Julie sig overtale, selv om hun ikke brød sig om det, og gik med Victor hjem igen, indtil Jan og hans far var kørt.

Kapitel 7: Børnene bliver inviteret til det andet land

I skoven sad skyggetrolden. Ikke, som når børnene så ham ved den sædvanlige busk, men som en lille sort kugle på det yderste af en gren i træet bagved. Hvad tænkte han på? Hvorfor blev han her? Ja, hvorfor var han kommet?

I dag havde han talt med Julie og Victor. De havde fortalt ham om pigen i toget, billetten, mønten, skakdronningen og Jans hjemrejse. Ja, det var sådan, han havde haft det på fornemmelsen, nu blev det bekræftet. Julie og Victor var af den rigtige slags. Men ikke Jan. Det var klogt af ham at rejse hjem efter sit nederlag. For Iliar vidste det, som de to andre ikke havde kunnet fortælle ham, fordi Jan havde holdt det for sig selv. Men Iliar kendte tryllemønternes natur og vidste, at mønten havde forladt Jan.

Tilbage var hans egne overvejelser. Skulle han vælge at bruge de redskaber, som nu var ham tilbudt? Ville én mønt være nok? Hvor længe skulle og turde han vente?

Næste dag kom børnene igen. Julie og Victor. Lys og mørk, dag og nat. Ja, tænkte Iliar. Mine brikker. Godhed og styrke. Og så lidt held.

”Hvor kommer du fra, Iliar? spurgte Victor. ”Der er så meget om dig, som vi ikke ved.”

”Du spørger om mere, end jeg kan svare på, så I kan forstå det. Hvor jeg kommer fra? Ja, fra et andet sted. Det sted er anderledes end det her sted, lige som jeg er anderledes end jer.”

Julie rynkede panden uden at forstå noget. Victor slog ud med armene og grinede. ”Det blev vi vel nok kloge af!”

”Al respekt for det andet sted, knægt!” sagde Iliar og viftede Victor om nakken med en skyggeflig. Det skulle måske have været et venskabeligt dask, men føltes kun som en luftning. ”Jeg havde faktisk tænkt at invitere jer dertil.” Han så højtideligt på dem.

”Åh!” udbrød Julie benovet. Victor sagde ikke noget denne gang.

”Du må fortælle noget mere om det, Iliar!” Det var Julie igen. ”Er det farligt?”

”Jeg vidste, at I ville spørge om det.” Iliar sukkede. ”Ja, det kan være farligt. I kan komme galt af sted der, lige så vel som her. Men jeg vil ikke sende jer ind i det ukendte uden sikkerhed. Hvis I bliver bange, skal I bare hviske mit navn, så kommer jeg og hjælper jer. Men jeg må sige rent ud, at jeg har brug for jeres hjælp, og I kan ikke hjælpe mig, hvis I råber om hjælp ved det første tordenbrag.”

”Kan du da ikke komme med?” spurgte Victor.

”Jo, men jeg må ikke lade mig se. En bestemt person må helst ikke se mig, så han fatter mistanke.”

”Hm,” sagde Victor. ”Hvad er det da, vi skal gøre for dig?”

”Ja, se det er næsten det sværeste at forklare. I skal gøre det, som I synes er rigtigt, og det, som I har lyst til og føler trang til. I skal ikke prøve at gætte, hvad jeg mon ville ønske, at I ville gøre i den eller den situation. Det kan I nok alligevel ikke gætte, og det er alligevel kun det, som man gør ud fra sin egen fulde overbevisning, der dur.”

Victor var kommet til at smile igen. ”Det lyder da let nok. Vi skal bare hele vejen igennem gøre det, som vi har mest lyst til. Men hvor længe vil vi så være væk? En eftermiddag?”

”Måske flere dage.”

Victor stod lidt og tænkte. Så sagde han: ”Kan vi ... kan vi risikere ... aldrig at komme tilbage?”

”Siden du spørger, – så, ja. Men det er en meget meget lille risiko. Husk, at jeg hele tiden er parat med hjælp.”

Victor så eftertænksomt på skyggetrolden. Julie bed negle.

”Kan du ikke fortælle noget mere?” Det var Victor igen. ”Hvad er det, som du skal have hjælp til, og hvem er den person, som ikke må se dig?”

”Hvis jeg fortæller dig det, Victor, så vil jeg desværre også dermed fratage dig din ligefremhed, dit gåpåmod og din impulsivitet. Du ville søge efter det, som skal komme til dig af sig selv. Kommer det ikke af sig selv, kan det ikke findes, lige meget hvor meget, du søger.”

"Det er sørme et indviklet land, du kommer fra, Iliar!"
sagde Victor tørt. "Jeg tror, jeg vil tænke over det til i
morgen. Det haster ikke, vel?"

"Ikke mere end det jager, som I mennesker siger. Hvad
siger du, Julie?" Iliar viftede hende venligt om kinden,
som hun stod der og bed negle. Hun sendte skyggetrol-
den et undskyldende blik.

"Jeg tror ikke, jeg tør," sagde hun stille. "Bliver du meget
ked af det?"

Iliar så alvorligt på hende et øjeblik. "Ja," sagde han
så. "Men man skal være indstillet på det, ellers går det
ikke. Hvis du ikke har lyst eller tør, så nytter det desværre
ikke noget, at jeg prøver at overtale dig. Måske kunne jeg
overtale dig, så du tog afsted, fordi du syntes, at du burde,
men så ville det ikke være noget værd. Forstår du det?"

"Næh," sagde Julie.

"Jeg havde håbet, at vi kunne få nytte af din mønt,"
fortsatte skyggetrolden. "Nu må vi se bort fra den. Med
mindre ..., nej, jeg KAN ikke forudse, hvordan det vil gå.
Nu håber jeg på dig, Victor."

De stod et øjeblik i tavshed. Iliars sorte krop bølgede
og pulserede, det var som floder af ild, der løb ned over
ham og igennem ham. Havde de to børn ikke kendt ham
i forvejen, kunne de godt være blevet bange.

"Victor," sagde han pludselig. "Jeg kan ikke LOVE dig
en belønning. Men du har meget store chancer for at få en
belønning, af en slags, som du nok ikke kan forestille dig."

"Noget, som jeg ønsker mig? Men jeg ønsker mig kun et luftgevær, som min far og mor køber til min fødselsdag."

"Åh," sagde skyggetrolden og bølgede helt over i violet. "Slet ikke sådan noget. Noget meget bedre."

"Hm," sagde Victor. Han var lige ved at tilføje: "Hvad er da bedre end et luftgevær?", men indså, at tidspunktet nok ikke var det bedste til sådan et spørgsmål.

Iliar bølgede videre. Efterhånden lagde bølgerne sig dog, og han begyndte at gnistre på den gammelkendte facon. "I kan få en sidste historie i dag så, hvis I har lyst. Så håber jeg på et positivt svar fra dig i morgen, Victor. Hvad siger du til det?"

"Ja, tak," sagde Victor. "Kunne du så ikke vise os noget fra det andet land?"

"Nej. Det ville alligevel ikke blive et billede, som du kunne regne med. Jeg kunne vise dig noget, og så ville du alligevel komme til at se noget andet, når du kom derover. Men I kan få en historie fra gamle dage om en fattig pige, der boede ude på landet. Dengang var der herremænd, som bestemte over bønderne. Den her historie handler om pigen og herremanden."

"Ok," sagde Victor. I sit hjerte havde han nu bestemt sig. Julie følte sig lille og sagde ikke noget. Begge børnene lænede sig tilbage i det bløde græs op ad et træ. Iliar begyndte at fortælle. Børnene så landskabet for sig, de små bøndergårde og den store herregård. Pigen kom gående hen ad vejen.

Kapitel 8: Victor tager af sted

Da historien var slut, blev der stille. Julie og Victor hørte vinden suse i trækronerne.

"Ja, det var den sidste." Skyggetrolden sagde det som et suk.

"Ser vi dig så ikke mere?" Julie var lige ved at græde. Det, som hun syntes, at hun burde, men ikke turde, det nagede hende. Men det, som Iliar bad hende om, nej, det TURDE hun simpelthen ikke.

"Hvem ved?" sagde Iliar. "Men Victor ser mig i hvert fald i morgen."

"Jeg kommer tidligt, Iliar. Og tak for historien."

Da Victor kom hjem, bad han sine forældre om lov til at cykle sig en lille tur med tomandsteltet næste dag. Og måske først komme hjem om et par dage.

"Vil du cykle alene?" spurgte hans far. "Det ligner dig da ikke. Vil den anden dreng ovre fra Julie ikke med, og Julie?"

"Den anden dreng er rejst, far. Og Julie har ikke lyst. Men det har jeg."

"Du må love mig at passe godt på dig selv, min dreng," sagde hans mor. Og så fik Victor lov.

Om aftenen satte han vækkeuret til at ringe klokken seks næste morgen. Men da han lå i sin seng, kunne han ikke sove. Uroligt vendte han sig fra den ene side til den anden. Hans mørke øjne under det mørke hår så ud i værelsets sommermørke og havde ikke lyst til at lukke sig. Hvornår ville han se sit værelse igen? Og hvordan ville det gå ham i morgen? Skulle han alligevel have prøvet at forklare sine forældre, hvad det var for en cykeltur, han havde tænkt sig at tage ud på? Nej, hvis de havde forstået det, havde de bare forbudt ham det. Og uden tvivl også, selv om de ikke havde.

Udenfor i kirsebærtræet begyndte en fortykkelse i sommermørket at røre på sig. En lang sort flig blev strakt ud og et par lysprikker dalede langsomt til jorden. Den sorte flig strakte sig ud som en lang tynd snor, der vandret fandt vej til Victors rude, som den uden vanskelighed gik igennem og videre gennem Victors værelse, til den fandt drengen. Dér trykkede den ham blidt på panden. Victors øjne faldt i. En lysende funke dalede ned på hvert øjenlåg. I drømme så Victor et ansigt med øjne som martsvioler og fuldt af sødme. Med de violblå øjne tæt hos sig forsvandt Victors uro, og han faldt i en dyb god søvn.

Tidligt næste morgen drog Victor afsted med teltet bag på cyklen. Iliar ventede ham det sædvanlige sted. Han kiggede på cyklen og teltet, men sagde ikke noget.

"Det er røgslør, forstår du," forklarede Victor.

"Jeg tror, jeg forstår." Skyggetrolden nikkede. "Jeg forstår i hvert fald, at du er parat til at tage på eventyr. Lad os ikke spilde tiden. Og husk, Victor, jeg er hele tiden i nærheden af dig, også selv om du ikke kan se mig. Hvisk mit navn, og jeg kommer og hjælper dig."

Så pegede han på en lille jordknold, hvor han bad Victor stille sig. Et øjeblik efter begyndte en tåge at vælde frem omkring ham. Snart kunne han ikke se andet end den hvide mur. Hans hjerte bankede hårdt. Hvad ville han få at se, når tågen lagde sig?

Kapitel 9: Victors hunde

Nu syntes han, at han kunne skimte noget. Sten. En bjergvæg. Det blev tydeligere. Agtpågivende så Victor sig omkring. Han stod i et dystert uvejsomt bjerglandskab.

I vest var solen ved at gå ned, og de lave stråler fik de skarpe sorte klipper til at kaste lange skygger. Han selv stod ved kanten af en dyb slugt, og bag ham var den lodrette klippe. Forsigtigt prøvede han at gå et par skridt hen ad den smalle klippesti. Den var fast nok. Forsigtigt rørte han ved klippevæggen. Den var også, om man så må sige, klippefast. Forsigtigt gik han videre hen ad stien, hvor den rundede et hjørne.

Det var tusmørke nu, og pludselig standsede han. Stod der ikke en mand derhenne? En høj tynd mand? Det var svært at se, for her i skumringen faldt han ligesom ind i skyggen. Men Victor var overbevist om, at det var en mand, han så. Skulle han bare gå forbi? Men pludselig trådte manden ud af skyggen og gik hen til ham.

"God aften, dreng," sagde han med en underlig hul stemme. Mandens nærvær gav Victor en uforklarlig følelse af ubehag, og hans agtpågivenhed blev blandet med frygt.

"God aften," svarede han forsigtigt. Ikke bange, sagde han til sig selv. Selv nu, hvor manden stod tæt ved ham, kunne han stadig ikke se ham tydeligt, for nu blev mørket tættere omkring dem.

”Kan du lide hunde, dreng?” spurgte manden.

”Ja, ja,” sagde Victor.

”Kunne du også passe nogle for mig?”

”Ja, hvis det havde været hjemme hos mig selv,” svarede Victor. ”Her kender jeg ikke forholdene så godt.”

”Du er en kvik dreng,” sagde manden anerkendende. ”Nu skal du høre. Du skal ikke gøre det for ingenting. Men mine hunde er ikke almindelige hunde. De finder selv det, de spiser. Du skal bare tage dem med dig, for du kan gå der hen, hvor jeg ikke kan.”

”Hvor mange har du?”

”Tre dejlige hunde har jeg, og kan du passe dem et år, må du vælge en af dem og beholde. Sker der dem noget, må du træde i deres sted. Men hundene passer næsten sig selv.”

Victor overvejede det. Et år var lang tid. Men måske var det kortere i denne verden end i hans egen? Han havde en tydelig fornemmelse af, at han skulle sige ja til handelen, at eventyret stod lige foran ham. Men risikoen var stor. Den mørke mand udstrålede noget, der fyldte Victor med afsky og frygt.

”Hvad, hvis jeg siger nej?” spurgte han. Manden trak på skuldrene. ”Ingen indsats –ingen præmie. Måske lever du ikke til i morgen. Der er vilde dyr i disse egne. Mine hunde vil beskytte dig.”

"Må jeg SE dine hunde?" bad Victor til sidst. Den tynde mørke mand knipsede med fingrene. Ud af mørket bag ham dukkede tre kæmpemæssige dyr op. De sås let i mørket, og det lyste fra deres røde gab og øjne. Der var en sort, en grå og en hvid, og den hvide, opdagede Victor pludselig, havde blå øjne, som lyste koldt og ikke rødt. Hundene, så store som bjørne, snusede til Victor.

"Det er jo ikke hunde!" råbte han. "Det er jo ulve eller bjørne!"

Den grå mand trak igen på skuldrene. "Mine hunde," sagde han. "Kan du passe dem? De er meget sultne, for jeg har ikke selv kunnet give dem noget i lang tid."

Dyrene kredsede om Victor, og pludselig fornemmede han, at de gerne ville være hos ham. Den hvide gik oven i købet hen og strejfede ham med snuden på øret.

"Top!" sagde Victor og så på den hvide hund.

"Godt," sagde manden. "Så stræk din højre arm ud. Nu siger jeg nogle ord, og så vil hundene følge dig. "Til sned og fog!" råbte han rungende. Og én for én, først den sorte, så den grå og til sidst den hvide, løb hundene hen og rørte ved Victors højre hånd med snuden. Han mærkede en varm fornemmelse hver gang.

"Nu skal du høre, hvad du skal sige," sagde manden. "Hver nat skal du sende hundene ud, for at de selv kan finde noget at spise. Så rækker du din venstre hånd ud og siger "Fra sned og fog". Når du kalder hundene hjem om morgenen, skal du sige "til" i stedet for "fra" og række din højre hånd ud. Kan du huske det?"

Det mente Victor nok.

"Så farvel da," sagde manden. "Vi mødes her på dette sted igen om et år." Og før Victor kunne nå at sige noget, var manden forsvundet. Men ikke hundene. De kredsede omkring ham på en ulveagtig måde, frem og tilbage, frem og tilbage.

"Hvis I hjælper mig med at finde et sted at være i nat, skal jeg sende jer ud allerede i nat," sagde Victor. Det forstod hundene åbenbart, for nu vimsede de foran ham og ledte ham ned af bjerget. De lyste ganske svagt i mørket, nok til, at Victor kunne se, hvor han gik. Snart efter stod de ved en forladt hytte. Hundene sprang op ad en smal stige, som førte op til et ganske lille loft, hvor der lå lidt hø. En luge stod åben ud til natten. Nu flokkedes de store dyr afventende omkring drengen. Han rakte sin venstre hånd ud og sagde "Fra sned og fog" med klar stemme. Den sorte hund gik frem, rørte med snuden ved hans fremstrakte hånd og forsvandt uden en lyd ud af den åbentstående luge. Victor havde ikke tid til at undre sig, for den grå hund var allerede parat. Victor gentog sin remse, og den grå hund forsvandt ud i natten ligesom den første. Til sidste gik den hvide hund frem, rørte ved Victors hånd, men før den forsvandt, så den et øjeblik Victor ind i øjnene, som ville den indprente sig hans træk. Det blik gik Victor til hjertet, og han glemte sin lurende frygt for dens gloende gab og kolossale størrelse.

Nu var Victor igen alene. Skønt han ikke havde haft dagen til at blive træt i, måtte spændingen og turen ned af bjerget alligevel have trættet ham, for kort efter var han slumret ind i høet.

På den mørke landevej ikke langt fra hytten kom der tre mænd gående. Deres tøj var laset, deres træk hærgede og griske.

"Dér er en hytte," sagde den ene. "Måske kan vi sove der." De andre nikkede, og så gik de ind. De så straks stigen og begyndte at klatre op af den. Ved stigens knagen vågnede Victor. Stiv af skræk gik det op for ham, at der var nogen på vej op til ham. Skulle han gemme sig? Men der var ingen steder, han KUNNE gemme sig. Nu dukkede den første af mændene op.

"Der ligger én i forvejen," hviskede han overrasket.

"Rig?" mumlede manden bagved.

"Nej. En dreng, tror jeg. Kan vi bruge ham til noget?"

I det samme kom den hvide hund ind af lugen fra det fri. Den stillede sig foran Victor med en hul snerren, og den forreste af mændene næsten faldt i armene på ham bagved. Den hvide hund gik knurrende frem med rejste børster. Da den var tæt på den forreste af mændene, så Victor mandens pandehår krølle sig sammen i varmen fra hundens ånde, og straks efter var det svidt af.

"Væk!" skreg de alle tre og tumlede ned af trappen. "Det er ikke en hund, det er en ", og så sagde de et ord, som Victor ikke fik fat i. Et øjeblik efter var de væk. Den hvide hund så et øjeblik efter dem, så vendte den tilbage til Victor og puffede til hans højre hånd. Victor mærkede igen varmen fra dyret, men det var ikke ubehageligt. Han rakte sin højre hånd ud mod hunden og sagde: "Til sned og fog." Da lagde den store hund sig ved hans fødder.

Næste dag gik de videre, og hundene viste Victor nogle bær og rødder, som han kunne spise. Også harer og fugle bragte de ham. Med sin lommekniv flåede han dem, så godt han kunne, og hundene hjalp ham med at samle pinde til bål og bagefter med at tænde det med deres glødende ånde. Ofte havde dyrene meget jordede poter, og Victor var rørt over, så meget de gjorde for at hjælpe ham. Han var ikke længere bange for dem. Han følte sig tryg sammen med dem og beskyttet af dem. Men folk, som han mødte, flygtede over hals og hoved, når de så hans dyr.

Engang gik han ind på en gård for at bytte et par harer for noget brød. Hundene ventede et stykke væk fra gården for ikke at forskrække folkene. Da Victor gik ind på gårdspladsen, begyndte gårdhunden at tude. En kone kom ud. "Goddag, dreng," sagde hun venligt. "Du skulle ikke gå alene omkring ude, når ... er ude at strejfe! Når Kejser der," hun nikkede hen mod gårdhunden, "når han begynder at hyle, så er de gerne i nærheden." Heller ikke denne gang fik Victor fat i det ord, som konen brugte.

"Hvem er i nærheden?" spurgte han undrende. Konen tog hånden op til munden og sænkede stemmen. "Hvor kommer du dog fra, dreng, når du aldrig har hørt om ghilerne? De har plaget denne egn snart længe nu. Vi troede, at vi var sluppet af med dem, men det er tydeligt, at de er tilbage."

Victor turde næsten ikke spørge om mere, men han MÅTTE have besked. "Jeg drager bare fra egn til egn, sådan som min far har lært mig det. Men disse – ghiler – har jeg aldrig hørt om."

Konen så lidt mistroisk på ham. Victor holdt harerne op.

"Jeg kommer bare for at spørge, om du kan bruge disse harer?"

"Måske nok," sagde konen. "Men kom hellere indenfor, så er vi i sikkerhed."

"For ghilerne?" spurgte Victor.

"Ikke så højt!" Konen lagde hånden over Victors mund, mens hun trak ham ind i huset. "Jeg vil fortælle dig om dem, for du ser ud til at være en god dreng. Ghilerne er menneskeædere. De tager både de levende og de døde. Helst de døde, så vidt man ved. De graver de døde op på vore begravelsespladser. De har skikkelser af kæmpestore hunde eller ulve. Ja, det er mærkeligt, at de ikke har taget dig."

Ved konens ord blev Victor kold over det hele. Han skyndte sig at handle, så hurtigt han kunne. Han var heldig, for konen gav ham både mælk og brød for harerne. Bagefter ville hun have holdt ham tilbage, men Victor takkede for hendes venlighed og sagde, at han MÅTTE afsted. Da han passerede gårdhunden, begyndte den at hyle igen.

"Ghiler!" lød det inden i hans hoved igen og igen. Nå, så det var det, de var. Mordere og ligædere, hans venner. Derfor havde de vel så tit meget jord på poterne. De havde været henne og grave på begravelsespladserne. Hans hjerte blev til sten i hans bryst, og da han nåede hundene, kastede han sig ned på jorden og græd. Det hjalp ikke, at de alle puffede og snusede til ham, som om de prøvede at trøste ham.

Da han slap dem løs til natten, kludrede han i remsen. "Fog og sned!" hulkede han og strakte den højre arm ud, som ellers skulle have været den venstre. Alle tre hunde løftede hovederne og så stift på ham. Men han bemærkede det ikke. Til sidst gik den sorte hen og rørte ved hans hånd. Men i stedet for at forsvinde ud i natten, satte den sig og ventede. Men det bemærkede Victor heller ikke, så meget hulkede han.

"Kom så!" råbte han til de andre. "Fog og sned! Fog og sned!" Igen sagde han det forkert og rakte højre hånd frem. Da han denne gang havde sagt det to gange, fór både den grå og den hvide hen og berørte hans hånd.

Nu sad de alle tre på række foran ham. Endelig gik det op for Victor, at de ikke var forsvundet ud i natten, som de plejede.

"Skal I ikke ud og myrde nogen eller finde nogen lig? Det fortalte konen på gården mig i går, at ghilerne gjorde, og I er jo ghiler, ikke? Og gårdhunden tudede."

Pludselig talte den hvide hund til ham. "Vi myrder ikke nogen. Ghiler er vi, og det er rigtigt, at vi har været ligædere. Men nu behøver vi det ikke mere. Du har løst os fra trolddommen."

Og for øjnene af Victor forvandlede alle tre hunde sig og blev til børn på hans egen alder. To drenge og en pige. De to drenge var ældre end pigen og mørke i det, den ene helt sorthåret. Pigen var meget lys og det smukkeste, Victor nogensinde havde set. Hun havde de klareste violblå øjne. Hendes søde ansigt virkede på en eller anden måde bekendt.

"Jamen, hvordan ... ?" stammede han. På skift fortalte de tre børn over for ham nu deres historie.

De var søskende, hertugbørn fra et fyrstedømme noget borte fra, hvor de var nu. Deres far, som havde været enkemand siden pigens fødsel, havde været spillegal. En troldmand havde lokket ham til at spille imod sig, og til ham havde han tabt alt, hvad han ejede: ejendom, land, tjenere og til sidst sine tre børn. Da det gik op for ham, hvad han havde gjort, druknede han sig.

Troldmanden, der kun levede af lig, skabte børnene om til store hunde, ghiler, som kunne hente de døde til ham. Selv måtte de også leve af de dødes kød, for anden føde kunne de ikke tåle, sådan havde troldmanden omskabt dem. Men han kunne ikke drage med dem overalt. Han var bundet til det land, som han havde vundet i spil. Og da hans og hundenes appetit var stor, måtte hundene drage længere og længere omkring. Men nu var de fri. Uden at vide det, havde Victor sagt de ord, som havde løst dem fra trolddommen: De underlige ord 'sned og fog' i omvendt rækkefølge, uden ordene 'til' og 'fra' foran, og til den 'forkerte' hånd.

"Går I så bare jeres vej nu?" Victor havde dårligt nok forstået hele sammenhængen, men han forstod, at uden hundene, nej, nu var de jo børn, ville han blive forfærdeligt alene. Skyggetrolden havde han glemt. I stedet huskede han alt det gode, som hundene havde gjort for ham. Hvordan skulle han have skaffet sig mad, ly for natten, eller klaret sig mod røvere uden dem?

"Kan I ikke blive?" bad han. "Hvor vil I gå hen? I har jo ikke noget hjem mere, vel?"

De to drenge sagde: "Vi har en onkel, der er fyrste i et andet land. Ham kan vi tage til."

Men pigen sagde: "Hvis du vil, vil jeg hellere blive hos dig, Victor. Så vil jeg hjælpe dig mod troldmanden, for han vil sikkert prøve at hævne sig. Allerede nu tror jeg, at han ved, at vi er fri, og i hvert fald vil han få det at vide i nat, når vi ikke længere bringer ham noget."

Victor blev så glad over, at pigen havde sagt, at hun gerne ville være sammen med ham, at han sprang op og omfavnede hende. Men så kom han i tanker om, at hun havde sagt, at troldmanden ville hævne sig.

"Hvad tror I, at troldmanden vil gøre?" spurgte han nervøst. Den ene af drengene sagde: "Han har jo mistet sine hunde, som du skulle passe. Måske vil han have dig som hund i stedet." Victor gøs. Men pigen lagde sine hænder i hans. "Vi snyder ham," sagde hun og smilede. "Vi tager dertil, hvor du kommer fra, ikke Victor? Vi har godt forstået, at du kommer fra et andet sted. Dér kan troldmanden helt sikkert ikke komme, for han kan jo ikke forlade min fars fyrstedømme."

Så sagde de farvel til hendes to brødre. For Victors undrende øjne forvandlede de sig til store hunde igen og løb ud i mørket. Så det kunne de altså stadig. Blive til hunde igen. Mærkeligt. Det her sted var virkelig anderledes end der, hvor han kom fra.

"Vi skal også væk." En mild stemme fik Victor til at vende sig om. Foran ham stod nu også den store hvide hund igen. "Sæt dig op på min ryg." Victor gjorde, som den bad ham om og klatrede op på dens ryg. Nu gik det afsted i stor fart. Da de var kommet et godt stykke, kom Victor i tanker om skyggetrolden.

"Stands!" råbte han. Hunden standsede og så spørgende på ham. "Jeg har en ven!" råbte Victor. Så dæmpede han sig og fortsatte hviskende.: "Jeg har en ven. Det er en skyggetrold, hvis du kender sådan én. Ham skal jeg kalde på, hvis jeg kommer i knibe, og så vil han hjælpe mig. Han kan hjælpe os to hjem."

Den hvide hund så opmærksomt på Victor. "Hvad hedder den skyggetrold?" spurgte den spændt. "Jeg har en skyggetrold til gudfar, og jeg ventede, at han ville hjælpe os væk fra troldmanden, for han har altid holdt så meget af både mine brødre og mig, og vi af ham. Men han har ikke vist sig," sluttede den bedrøvet.

"Min ven hedder Iliar," sagde Victor.

"Så er det ham!" Den hvide hund hoppede og logrede. "Kald på ham!"

Og Victor kaldte. "Iliar! kan du høre mig? Kom, Iliar!" Straks stod skyggetrolden ved siden af ham.

"Kære Victor!" sagde han med et blink i sine venlige gule øjne. "Det var du længe om! Altså om at finde ud af at kalde på mig! Men hvor HAR du klaret dig godt! Jeg havde slet ikke turdet håbe på, at det ville gå SÅ godt! Men du er både klog og heldig, Victor. De gaver fik du i vuggegave." Og skyggetrolden omfavnede Victor. Og mærkeligt nok faldt Victor ikke igennem hans sorte slør-arme, som Julie i sin tid havde gjort derhjemme. Var det, fordi de her befandt sig i Iliars egen verden? Så vendte trolden sig mod hunden, som nu var blevet til en pige igen.

"Sne!" udbrød han og gav hende en lige så stor omfavnelse, som Victor havde fået. "Min lille guddatter med et hjerte så rent som sne! Troede du, at jeg havde glemt jer? Jeg har skam arbejdet for jer. Og her er ridder Victor, som har reddet dig!"

"Åh!" sagde Sne. "Har DU sørget for det?"

"Selvsamme!" sagde Iliar og brystede sig med en regn af gnister. "Men ÉN ting er jeg ikke herre over. Og det er Victors mod og held. Og hvordan ville han møde troldmanden? Det kunne jeg ikke vide. Jeg kunne kun finde den rigtige person – og det var et ikke helt lille arbejde – og hjælpe ham."

"Åh, Iliar!" Igen kastede pigen sig ind til ham og blev næsten væk i alt det sorte.

Bagefter talte de situationen igennem.

"I kan godt være i Victors verden begge to," sagde Iliar. "Men Sne skal jo bo et sted."

"Ja, hos mig," sagde Victor.

"Hvad siger din mor og far til det?"

"Det ved jeg ikke endnu. Men jeg er sikker på, at hun godt må."

Kapitel 10: Sne

En klar formiddag stod Victor og Sne igen i skoven på det samme sted, hvorfra Victor i sin tid var taget afsted. Iliar havde sagt farvel, men lovet at være i nærheden, så de blot kunne kalde, hvis der skulle opstå problemer. Victor fandt sin cykel. Den havde fået enkelte rustpletter af at stå i skoven, og på teltet var der kommet små jordslåede pletter. Victor kom pludselig til at tænke på, at han ikke vidste, hvor længe han havde været væk. Men der var da blade på træerne endnu.

Langsomt gik de to børn ud af skoven. Sne så sig nysgerrigt omkring og knugede Victors hånd. En lille skikkelse dukkede op ved den store vej. Omgående tog Sne sin hundeskikkelse og trykkede sig ind til Victor – så Victor blev væltet omkuld af den store hund.

”Men Sne dog!” Han rejste sig. ”Vær nu ikke bange. Du må ikke så gerne skifte fra menneske til hund hele tiden, det vil folk synes er meget mærkeligt.”

”Jeg kan ikke lade være, Victor,” sagde Sne og lagde sit store hoved ind til Victor. Hendes varme ånde pustede ham på kinden.

”Det må du altså lære. Se, der kommer én, som jeg kender. Hun hedder Julie. Hun er nok herude for at kigge efter mig.” Men Sne blev i hundeskikkelsen.

Julie blev helt fjollet glad over at se Victor igen. Han havde været væk i over fjorten dage, og hans far og mor havde haft ham efterlyst i radioen og fjernsynet. Julie så med ærefrygt på den store hvide hund med det røde gab. Den var højere end hende.

"Er det din hund, Victor? Bider den? Hvad hedder den? Er det din belønning?"

"Ja, det er min hund, og den hedder Sne. Den bider ikke. Ikke dig i hvert fald." Sne logrede og snusede til Julie. Victor strøg hende over det hvide kæmpehoved. "Det er verdens dejligste hund, og den skal blive hos mig altid."

Julie strøg nu også forsigtigt Sne på hovedet. Hun måtte stå på tæer. "Sne," sagde hun. "Hvor er du smuk." Sne logrede igen. "Du ser så god ud, Sne, så jeg er ikke bange for dig mere. Heller ikke selv om du er så stor. Du kunne næsten have været en bjørn."

Sne logrede til alt, hvad Julie sagde, og vimsede omkring hende, så Victor blev helt jaloux. Han tænkte på det, som Julie havde sagt om en belønning. Var Sne hans belønning? Nej, det var en dum tanke. Hun var jo fulgt med ham, fordi hun gerne ville. Og for at komme væk fra troldmandens vrede. Men han kunne vel ikke gøre dem noget, når han ikke kunne forlade hendes fars fyrstedømme? Victor rystede de tanker af sig og sagde i stedet for ud i luften: "Gid der var én, som jeg kunne spørge om, hvor meget jeg skal fortælle om det, jeg har oplevet." Han så på Sne. Hun logrede til ham og så ud, som om hun lo. "Nå, ja, så venter jeg til i morgen." Han var lige ved at tilføje: "dit dumme dyr," men tog sig i det.

Victors mor græd af glæde, da hun så sin søn igen. Hun var ligeglad med pletterne på teltet og blev ved med at knuge og kramme ham. Hun ringede straks til Victors far på arbejdet og fortalte den gode nyhed. Og Sne måtte gerne blive hos dem, i hvert fald foreløbig.

"Du er nok klar over, hvor meget sådan en stor hund spiser, eller er du, Victor?" Hans mor så vist på ham. "Det ER en flot hund, men du kunne næsten lige så godt have fundet dig en isbjørn. Og jeg tror også, at den bliver hentet en dag. Sådan et dyr må tilhøre nogen."

Sne slikkede Victors mor på kinden og puffede venligt til hende, så hun blev trykket helt op mod væggen.

"Victor!" Moderen værgede for sig. "Du må opdrage din bamse lidt!" Sne logrede og så igen ud, som om hun lo.

Så gik Victor og hans hund op på værelset. Ikke så snart havde døren lukket sig bag dem, før Sne fik læst og påskrevet. Hun havde forvandlet sig til pige igen, så snart hun og Victor var blevet alene, og døren havde lukket sig bag dem.

"Sne, du MÅ vise dig som den pige, du er! Det er noget pjat at bilde folk ind, at du er en hund!"

”Victor, jeg er bange for alle andre end dig i dette land. Men ikke, når jeg er hund.”

”Nej, det kan jeg forstå.” Victor så opgivende ud. ”Men du er da ikke bange for Julie længere, vel? Eller min mor? Jeg vil i hvert fald ikke gå og lyve for dem. Eller min far.” Sne svarede ikke, men så ned på sine fødder.

Victor fortsatte: ”Jeg troede egentlig også, at du ikke KUNNE blive til hund igen, når du var løst fra trolddommen.”

”Det kan jeg altså.”

”Ja, men det er mærkeligt, at du kan. Men du må stole på mine forældre og Julie.” Victor tænkte sig lidt om. ”Nu vil jeg fortælle dig om Julie, en dreng, der hedder Jan, om hvordan de først mødte Iliar, og så mig. Forresten, er du sulten?” Sne nikkede.

”Jeg henter lige noget, så.” Victor gik ned i køkkenet og lavede en bakke med franskbrød og saftevand. Og mens de spiste og drak, fortalte Victor nu Sne om Julie, Jan, mønterne, Iliar, og hvordan det var gået til, at han selv var kommet til det andet land.

I stuen havde Victors mor sat sig på armlænet af en stol med rynkede bryn. På den bakke, som Victor havde båret op, havde hun set to glas. Så vidt hun vidste, drak hunde ikke af høje glas. Forsigtigt listede hun op af trappen, lagde sig på knæ og kiggede ind af nøglehullet.

Victor sad med ryggen til og talte til nogen. Hans lille mørke hoved var ivrigt bøjet, mens han fægtede med en franskbrødsmad. Moderen blev endnu mere mystificeret. Pludselig rejste Victor sig og gik hen og ledte efter noget i en skuffe. Da så moderen pigen. Forbløffet åbnede hun munden til et udråb, men tog sig i det, og forholdt sig så stille som en lille mus. Det var en meget køn pige, så hun, på Victors alder. Hendes lyse gyldne hår indrammede hendes fine ansigt med de violblå øjne. Det var et godt og sødt ansigt. Tøjet var af et mærkeligt snit, som Victors mor ikke havde set før. En lang blå kjole med vest til og hvide broderier på både vest og skørt. Tavst tog Victors mor sig til panden. Hvad var det her for noget? Hvad var det for en pige? Og hvor var hunden? Den kunne næsten ikke være i den del af værelset, som hun ikke kunne se, med den størrelse, den havde.

Nu sagde Victor noget, som hun kunne høre. "Se her, Sne, den har jeg fået af min mor. Den må du få." Pigen smilede til Victor og tog imod noget.

"Nej, hvor er den pæn," udbrød hun. "Den vil jeg altid have på."

"Du må nok have den i en kæde om halsen, indtil du kan passe den," sagde Victor. Nu havde moderen gættet, hvad det var, som Victor havde foræret bort. Det kunne ikke være andet end hans oldemors ring med den sorte sten af onyx. Og pigen! Hun hed Sne ... men det gjorde hunden jo også ... ? Moderen fik en svimmel fornemmelse. Hun rejste sig og gik ned i stuen, hvor hun skænkede sig et stort glas portvin.

Victors far var ikke så begejstret for hunden. Han var lykkelig for, at Victor var kommet hjem i god behold, men han syntes ikke, at de skulle beholde så stort et dyr. Den ville æde dem ud af huset, og måske var den farlig for andre end Victor. Men Victors mor forsvarede Sne. Hunden skulle blive i huset, og hun, moderen, skulle nok sørge for, at det hele gik fint.

"Hm," sagde faderen. "Ja, hvis du insisterer."

"Det gør jeg," sagde moderen.

Om aftenen gik hun op til Victor, efter at han var gået i seng. Hans hvide hund lå sammenrullet ved fodenden.

"Må jeg komme ind?" spurgte moderen.

"Ja, mor."

Hun satte sig på Victors skrivebordsstol og strøg hunden over hovedet. Så løftede hun dens store hoved og så den dybt ind i øjnene. Hun sagde: "Den, som bærer min bedstemors ring med den sortgrønne onyx, ham eller hende vil jeg altid beskytte."

Da, mellem fingrene på hende, blev det store bæst til den pige, som hun tidligere havde set. Moderen blev igen svimmel ved at se det. Men hun tog sig sammen og sagde: "Velkommen her hos os, Sne, hvor du så end kommer fra."

"Jeg kommer fra et andet land, hvor Victor har hjulpet mig. Men her er alting så fremmed."

"Du skal ikke være bange. I hvert fald ikke for mig. Vi kan rydde gæsteværelset til dig, så du kan få dit eget værelse. Og så må du følges med Victor og lære tingene at kende her. Vi kunne måske sige, at du var Victors kusine. Og nu vil jeg komme med en madras og sengetøj til dig. Du skal i hvert fald ikke ligge der på det bare gulv. For du ER jo ingen hund, vel?"

Sne smilede og rystede på hovedet. Og Victor stod ud af sengen og gav sin mor et stort knus.

Sådan begyndte Snes nye liv som Victors kusine. Moderen sørgede for, at folk blev orienteret om det nye familiemedlem. Faderen troede, at Sne virkelig var noget familie til moderen langt ude. Om hunden blev der sagt, at den var blevet hentet. Men snart måtte der føjes til, at den af og til strejfede og løb hen til Victor, for hvis Victor var i knibe eller kom i skænderi med de store henne på skolen, dukkede den altid op som skudt op af jorden, og så var ingen så dum at prøve at røre Victor. Også Julie, som var den eneste ud over Victors mor og Iliar, som kendte sammenhængen, havde en trofast vagt i den hvide hund.

Ja, Sne kom i skole. Men hun gik ikke sammen med Victor og Julie. Hun fik privatlærer. Hun kendte så lidt til alting som et treårs barn. Til gengæld forbløffede hun sine omgivelser med ting, som de så ikke kendte. Hun kunne sy og væve på en mærkelig måde og hun kunne skrive på sit eget sprog med små sjove runde tegn – et sprog, som Victor syntes, at han kendte svagt, men som blev mere og mere uvirkeligt for ham, som tiden gik. At han selv havde talt det i det andet land, var ikke til at forstå.

Og at se Sne sammen med dyr var en oplevelse. Det så ud til, at de forstod hinanden uden ord. Ingen dyr var bange for Sne, og hun ikke for dem. Victor havde set hende få hunde og katte til at lave kunster uden at bruge et eneste ord til kommando. Han havde også følelsen af, at hun til en vis grad kunne læse folks tanker. Ikke at det generede ham. Men måske kunne det sættes i system, så de kunne give et lille nummer. Og hvem ved, måske tjene lidt på det? Mærkeligt tøj blev hun ved med at gå i, det VILLE hun, og hun var så køn, at man næsten fik ondt i øjnene. Victor elskede hende.

Kapitel 11: Kampen mod troldmanden

Der gik et lille års tid. Men en dag viste Iliar sig uventet for Victor. Det var en lun forårseftermiddag, og Victor kom gående hjem fra en skolekammerat, som han var begyndt at spille skak sammen med. Pludselig blev han opmærksom på små sjove gnister i luften omkring sig. Han standsede. Disse gnister kendte han jo. Røde, gule, blå og grønne svævede de ned omkring ham. Victor havde ikke tænkt på skyggetrolden længe. Han havde ikke set ham, siden han selv, Iliar og Sne var kommet tilbage fra 'det andet land', som han kaldte det. Sne kaldte det 'det første land'.

Victor stod stille og ventede. Pludselig kunne han se det svage omrids af Iliar i skyggen fra en villa.

"Victor," hviskede Iliar. "Nu er faren her, Victor."

"Hvad for en fare, Iliar?"

"Den fare, som jeg har ventet og frygtet, lige siden du narrede troldmanden. Jeg har holdt vagt lige siden ved overgangen til det første land for at sikre mig, at han ikke gik igennem og kom hertil, uden at vi vidste det."

”Men han KAN jo ikke komme hertil!” Victor hviskede også. ”Han er jo bundet til fyrstedømmet, ikke?” Iliar sukkede.

”Jo, men på én måde kunne han gøre sig fri. Hvis han forærede fyrstedømmet væk til nogen.”

”Men ... ” Victor sank noget.

”Ja, hvorfor skulle han ikke det? Ligæderen havde udpint området, og der var i hvert fald to, der var ret lette at overtale til at modtage faderens fyrstedømme igen.”

”Du mener Snes brødre?”

”Netop. Den ene af dem har taget imod faderens rige igen, og troldmanden er fri. Den anden bror har fundet mig og advaret mig. Det skete for et par timer siden. Og nu, lige inden jeg fandt dig, så jeg, at der er kommet en brønd på det sted, hvor vi gik over.”

”En brønd!” Victor var overrasket.

”Ja, en brønd. Og jeg kan ikke regne hans plan ud. Men vi har et es i ærmet, når han angriber.”

”Og det er?”

”Julies tryllemønt. Bruger hun den imod ham, er han færdig. Men vil hun bruge den?”

”Det er jeg sikker på,” sagde Victor med overbevisning. ”Ellers kender jeg hende dårligt.”

”Så få Julie MED mønten ud til brønden med det samme! Hold dig tæt til hende, indtil vi kender hans plan. Jeg vil tage derud igen og holde øje med ham. Og Sne skal gemme sig. Hun må IKKE tage hundeskikkelse, så mærker troldmanden måske, hvor hun er.”

Victor satte i løb hjemad. Hans hjerte hamrede hårdt og bange. Aldrig havde han været så bange som nu. Lad der ikke ske Sne noget, tænkte han hele tiden. Lad der ikke ske Sne noget!

Derhjemme kunne han ikke finde Sne. ”Sne, Sne, hvor er du?” råbte han med skinger stemme. Hans mor så op fra nogle ørreder, som hun var ved at rense til aftensmaden. Faderen var ikke kommet hjem endnu.

”Hvorfor er du så ophidset, Victor? Hun var her for et øjeblik siden. Der kom én, som hun kendte, og de gik en lille tur.”

Angsten vældede op i Victor. ”Var det en høj tynd mand?”

”Jeg så ham ikke.” Moderen skrabede skæl af med øvede bevægelser.

”Jamen, mor!” Victors stemme slog helt over i falset. ”Det var måske den troldmand, som vi har fortalt dig om! Han vil gøre Sne fortræd! Iliar har lige fortalt mig, at han er kommet over på vores side!”

Moderen så opmærksomt på ham. Så sagde hun: ”Ja, hvis jeg ikke havde set, hvad jeg har set, så ville jeg have sagt: mage til sludder at komme med. Men jeg kan ikke hjælpe dig, Victor. Jeg så virkelig ikke manden. Sne kom bare og sagde, at der var kommet én, som hun kendte, og at de gik lidt.”

Victor vred sine hænder og løb over til Julie. Hun var hjemme og var med ham med det samme. "Selvfølgelig vil jeg bruge mønten, Victor," sagde hun. "Men hvornår og hvordan?"

De susede afsted på cyklerne. Men først ude i skoven fik de øje på Sne og hendes ledsager. Victor genkendte øjeblikkeligt den mørke mand fra bjergene. Han gik roligt ved siden af Sne, og det så ud, som om han talte til hende. Men Victor så også, at Sne gik langsomt og modstræbende. Langsomt fulgte han og Julie efter, usikre på, hvad de skulle gøre. Skyggetrolden kunne de ikke se nogen steder.

På Frydensvej havde Victors mor sluppet fiskene. På hendes ansigt var der kommet et beslutsomt udtryk. Hurtigt blev de fire ørreder pakket sammen og sat i køleskabet. Så vaskede hun lige så hurtigt hænder og fandt sin sommerjakke, som hun tog på. Under den skjulte hun sin store kødhammer. Trængte Victor og Sne til hjælp, skulle den ikke mangle fra hende. Hurtigt var hun på vej efter børnene på sin gamle cykel, troldmand eller ikke troldmand.

I skoven nærmede troldmanden og Sne sig brønden.
  "Hvor er Victor?" spurgte Sne utålmodigt. "Vis mig ham nu."

178

"Det kommer, det kommer," smiskede den tynde mand. "Du må først skille dig af med hans, æhæm, gave til dig. Før kan du ikke redde ham."

"Hans gave?" Uvilkårligt for Snes fingre op til onyx-ringen, som hun bar i en kæde om halsen.

"Ja, ringen! Den må du smide væk. Så skal jeg vise dig din elskede Victor."

Sne tøvede. Hun havde stor ulyst til at skille sig af med Victors gave.

"Ja, kom nu!" Manden lød utålmodig.

Pludselig sprang en kæmpestor sort hund med rødt gab og rejste børster ud af skovtykningen og stillede sig foran brønden. Skjult bag nogle buske på den anden side af Sne og troldmanden genkendte Victor den sorte hund som den ene af Snes brødre. Hunden råbte med menneskestemme: "Gør intet af, hvad han siger, søster! Han har slet ikke Victor! Smid ikke ringen. Den beskytter dig! Så længe du har den, kan han ikke ..."

Længere kom den ikke. Den tynde mand strakte hånden ud, og den store frygtindgydende hund faldt som død til jorden. Sne skreg. "Ovan-Tor!" Hun kastede sig ned ved siden af hunden.

"Ja, han er ikke død." Troldmanden smilede ubehageligt. "Ikke endnu, i hvert fald. Hvis du smider ringen, så tager jeg dig i stedet for ham. Du må selv vælge."

Atter gled Snes fingre op til ringen, som hun havde om halsen.

Da dukkede skyggetrolden op. Som et sort tæppe gled han frem fra et træ og dækkede Sne med sig selv. Alle hans gnister var samlet foran som et glitrende skjold.

"Hvad blander du dig for, din gamle nar?" råbte den grå mand, nu godt irriteret. "Du kan intet gøre mig, og alligevel skal du spille helt. Er du så ivrig efter at udslettes?" Med en finger pegede han på et hjørne af Iliars skjold, og hvor han pegede, gik det i opløsning og fløj af sted i luften som stumper af brændt papir.

"Få hellere tøsen til at smide ringen. Alle børn uden mor kan jeg let tage, og jeg har stor brug for dem. Og så kan den elendige knægt, som kom til at løse hundene for mig, få sin straf ved at miste pigen."

Men Iliar gav ikke op så let. "Hvorfor tager du hende så ikke? Nej, for du kan ikke! Ikke så længe, hun har den ring! For så længe hun bærer den, vil hendes nye mor beskytte hende. Sådan lød ordene!"

Den tynde mands ansigt, der var mørkt i forvejen, sortnede nu helt. Pludselig fik han øje på Victor og Julie, der stod lammede af skræk og var kommet lidt for langt frem bag busken.

"Så tager jeg Victor! Hans mor er her jo ikke, og han har ingen ring!" Troldmanden lo ondskabsfuldt. "Ja, dig kan jeg også bruge, Victor! Kom herhen! Tænk, at vi skulle mødes igen, hvad! Det havde du nok ikke regnet med!"

Victor blev stående uden at kunne røre sig, selv om han havde villet.

"Nå, bliver det til noget? Kom så med dig. Eller skal jeg tage et stykke til af din sorte fe?" Med en finger brændte han igen et par flige væk af skyggetrolden.

Som en robot gik Victor nu frem.

"Victor!" kvækkede Julie hæst. "Du må ikke ..."

"Jo, kom du bare!" Troldmanden pegede på brønden. "Op i brønden med dig. Så følges vi ad til det første land!"

Iliar råbte pludselig: "Gå ikke, Victor! Din mor kommer derhenne! Hold dig til hende!"

Men Victor sansede ikke noget. Søvngængeragtigt gik han frem, som drevet af en usynlig kraft.

Men hans mor cyklede hurtigt. Uden at forstå, hvad der foregik, begreb hun, at hendes dreng var i fare. Hun susede hen til Victor, smed cyklen, greb sin dreng og trak ham bort, mens hun holdt sig selv imellem ham, den grå mand og brønden.

"Hvad foregår der her?" råbte hun skingert. "Må jeg SÅ få en forklaring! Ja, det er Dem, jeg mener!" Hun så direkte på troldmanden.

Denne vendte sig imod hende, men løftede ikke blikket, som han holdt stift rettet mod jorden.

"Se på mig og svar mig!" råbte Victors mor vredt.

Modstræbende løftede den tynde mand ansigtet. Hans blik sank ind i Victors mors øjne. Denne sank mærkbart sammen i knæene, som havde hun fået et stød. Aldrig havde hun mødt et sådant had. Og det var vendt mod hende.

"Sænk ikke blikket!" råbte Iliar. "Han tåler ikke en mors blik ret længe! Han har ikke selv haft nogen mor og ... " En glødende stråle ramte Iliar fra troldmanden, som sendte den bagud i blinde uden at tage blikket fra Victors mor. Et stort stykke sort flagrede bort og opløstes.

Victors mor stirrede på den genfærdsagtige mand. Langsomt trak han sig tilbage og blev lige som lidt mindre. Umærkeligt bakkede han hen imod brønden. Der var dødsstille.

"Julie!" råbte skyggetrolden pludselig. Julie vågnede med et sæt af sin lammelse og sprang frem. Hvad skulle hun gøre? Skulle hun bruge mønten nu?

Men Iliar havde fået en dosis til. Troldmanden, der var blevet mere og mere gennemsigtig under Victors mors blik, var nu nået helt hen til brønden. Hurtigt svang han sig op på kanten, stadig med blikket fastlåst i Victors mors.

"Smid den i!" lød det med svag stemme fra skyggetrolden. Fra brøndkanten kom der en pil af ild og fejede resten af Iliar bort. Sne var ikke at se noget sted. Men Julie havde fået sit stikord. Hun løb frem og kastede mønten i brønden, samtidig med, at troldmanden sprang ned i den.

Der lød et brøl dernede fra, og en fontæne af kulsort vand stod lige op i luften. Der blev den stående uden at falde ned. Langsomt tog den form af den tynde mand fra bjergene. Og så – hurtigt som to blink med et øjenlåg – blegnede den og var væk. Også brønden var væk.

Julie, som igen stod lammet af skræk og hjælpeløst havde ventet på, at det sorte vand skulle falde ned over hende, fornemmede pludselig, at det var forbi. Hun hørte igen fuglene synge og bladene hviske. Langsomt så hun sig omkring. Victor og hans mor stod blege og forstenede.

"Han er død," sagde Julie. "Han er væk. Han kommer aldrig igen."

De to skikkelser begyndte forsigtigt at røre på sig. Den store kødhammer gled ud under Victors mors jakke og faldt ned i græsset, uden at hun bemærkede det.

"Er du helt sikker?" spurgte Victor hæst.

"Helt sikker," sagde Julie.

Men Victor kunne nu også godt selv mærke det. Noget ondt var borte.

"Men Sne? Og Iliar? Og hunden?" Victor var ved at græde.

Victors mor sagde: "Led efter Sne, Victor og Julie. Jeg ser lige på hunden der henne." Hun gik hen til den og bøjede sig over den. "Den lever endnu." Så gik hun efter Victor og Julie.

De fandt Sne et stykke længere inde i skoven, hvor hun lå og trykkede sig ned i skovbunden, bange for at rejse sig. Da hun hørte de andre, sprang hun op og faldt dem om halsen, mens hun græd.

”Åh, Sne!” Victor var også kommet til at græde. ”Jeg troede, du var død!” og Sne blev omfavnet og krammet af både Victor, Julie og Victors mor, så hun helt tabte pusten. Og mens hun lo og græd, gispede hun: ”Iliar! Vi må ikke glemme Iliar! Ham skal vi også finde!”

De tre andre blev tavse. Var Sne da ikke klar over, at Iliar var ... væk? Sne mærkede deres tavshed.

”I tror, at han er død,” sagde hun. ”Men det kan han ikke være. Hvem dækkede mig ellers herude, væk fra jer?” og Sne gav sig til at gå rundt og lede og kalde. Bedrøvede fulgte de andre efter. De havde jo set det sidste af Iliar blive opløst. Men det havde Sne måske ikke. De måtte se at få det forklaret for hende.

Men pludselig bøjede hun sig over noget, nær ved det sted, hvor hun havde ligget gemt i skovbunden. ”Gudfar!” udbrød hun. ”Åh, stakkels lille gudfar! Er der ikke mer tilbage af dig?”

De andre styrtede til. De så Sne forsigtigt løfte noget sort op i hænderne. Hun skovlede det sammen på en sjov måde og hældte det i brystlommen på sin bluse.

”Nu skal du hvile dig hos mig og vokse dig stor igen!” Fra lommen steg en enkelt lille svag gnist op og slukkedes.

”Anstreng dig nu ikke, gudfar,” sagde Sne strengt. ”Nu

skal vi nok klare resten. Du har gjort DIT. Nu skal du sove."

De tre andre stirrede forbløffet på Sne.

"Det vil altså sige ... ?" Det var Victors mor.

"I troede virkelig, at han var død, ikke?" Sne smilede. "Men Iliar er snu. Han kan strække sin krop så langt, så langt. Med en fold af sig selv førte han mig længere ind i skoven, væk fra troldmanden. Der skjulte han mig under sig. Han havde delt sig i to med en tynd forbindelse mellem delene. Det, som troldmanden tilintetgjorde, var kun en del af ham. Men en STOR del, så han har brug for at komme sig nu."

Kapitel 12: Ovan-Tor

Sommeren var blevet til efterår, og efteråret til vinter. Iliar var blevet stærk igen, men der lå en skygge over alle dem, som havde været i skoven den skrækkelige dag i foråret. Den sorte hund lå stadig som i en døs, hvor af den ikke kunne vækkes. Den dag i skoven havde Victors mor hentet deres bil og med fælles kræfter havde hun, Victor, Julie og Sne fået bakset det store dyr op i den. Da bilen ikke kunne komme helt hen til stedet, hvor den sorte hund lå, havde de måttet trække den afsted på en presenning, som Victors mor havde taget med til det samme. Hendes hjerne arbejdede knivskarpt den dag, hun så alting klart og handlede derefter.

Da de var kommet hjem, endte det efter et par dage med, at Ovan-Tor, som de af Sne fik at vide, at hunden hed, på Julies bøn kom hjem til hende, hvor hendes forældre og hun ville passe den. Julie var blevet meget glad for den store hund, selv om den ikke var vågen. Nu lå den med en tynd slange ned i maven, det havde en dyrlæge rigget til, og sådan fik den flydende mad og vand.

Af og til prøvede skyggetrolden at hjælpe ved at kaste nogle gnister på det sovende dyr, men endnu havde han ikke haft held med sig. Hver dag blev Ovan-Tor kysset og krammet af både Julie og Sne, og tit græd de ned i hans sorte pels.

"Ovan-Tor!" hviskede Sne. "Kan du ikke høre mig? Vågn op!" Men den sorte hund vågnede ikke op.

Tryllemønten vendte ikke mere tilbage til Julie, efter at hun havde kastet den i brønden. Af og til tog hun op i skoven og så på stedet, hvor brønden havde været. Nu var det vinter, men på det sted var der om sommeren og efteråret ikke vokset noget. Der var kommet en bar plet, som stadig var der. Selv om Julie vidste, at troldmanden var død, havde hun alligevel ikke lyst til at gå helt tæt på, men blev stående noget derfra. Hun vidste ikke, hvad hun ventede at få ud af det, men hun tog ofte derhen, som trukket ved håret. Måske håbede hun at finde svaret på den sorte hunds søvn der.

Men svar eller ikke svar – en dag sad der én på en træstub lige i nærheden af den bare plet og så ud, som om han ventede på hende. Det var en skikkelse, men ikke et menneske. Julie standsede tøvende.

Men da skikkelsen rejste sig og begyndte at bølge med flagrende grønne og rødlige kappe-arme og udsende skyer af farvestrålende gnister, genkendte Julie væsenet. En skyggetrold til! For Iliar var det ikke. Julie smilede og vinkede. Skyggetrolden smilede igen. Han her havde store violette øjne og en lige så bred og venlig mund som Iliar.

"Pige!" råbte han. "Ikke bange! Jeg hilser dig fra Mag-nur!"

Magnur? tænkte Julie forbavset. Hvem var nu det? Men så kom hun i tanker om den kæmpestore trold, som hun og Jan havde set her, da de mødte Iliar for første gang.

"Magnur!" udbrød hun. "Jamen, han er da langt væk!"

"Det er han – det er han. Men jeg – skyggefe – som jeg kalder mig selv –, rejser også langt." Han – eller hun – gnistrede vældigt. "Fra landet mod vest kommer jeg, og jeg har bragt dig noget fra ham. Han mærkede pludselig, at du havde meget brug for det. Og da han også har mærket, at du har brugt hans jord-eje godt, har han bedt mig bringe dig det, som du har brug for."

Skyggetrolden – eller -feen, eller hvad det nu var for én, tog noget blankt og skinnende frem fra sine folder. Julie kiggede nysgerrigt. Så genkendte hun det. Det var hendes eget sølvarmbånd! Højtideligt overrakte det grøngnistrende væsen hende det. Mystificeret tog Julie imod det. Det skinnede mere, end hun huskede det.

"Tak," sagde hun. "Men hvordan ... ?"

"Det kommer, det kommer! En, du holder af, er syg. Måske er det den, som du holder mest af i hele verden. Giv ham armbåndet på, og den skygge, der hviler i ham, vil forsvinde. Men husk! Armbåndet skal være lukket! Det må ikke lukkes op! I den lukkede ring ligger kraften. Åbner du det, vil kraften langsomt flyde ud."

"Ja," hviskede Julie.

Skyggefeen gentog: "Altså: hold det lukket! Giv ham det på uden at åbne det! Du må heller ikke selv tage det på! Men hvis du gør det rigtigt, så vil det hjælpe!"

"Åh, tak, tak!" hviskede Julie. "Jeg tager hjem med det samme og giver ham det på!" Og i næste øjeblik spurtede hun afsted på cyklen.

Det grønne væsen stod lidt og så efter hende. Så lettede det langsomt, blev mere og mere gennemsigtigt og kugleformet og drev afsted, også i Julies retning. Mødet med Iliar ventede.

De to væsener mødtes usynligt i luften i nærheden af Julies, Ovan-Tors, Victors og Snes hjem. Iliar havde følt det trække i sig og var drevet sin fælle i møde. I lang tid var de sammensmeltede og udvekslede minder, tanker og oplevelser.

"Kom med mig, Iliar!" hviskede den grønne til sidst. "Du ved, at jeg elsker dig, Iliar!"

"Så bliv hos mig!" hviskede Iliar tilbage. "Du ved, at jeg har det lille menneskebarn at passe på!"

"Jamen, hende går det da godt for nu, ikke?"

"Jo, men jeg bryder mig ikke om at forlade hende. Jeg er nu engang blevet en slags far og mor for hende."

"Længes du da ikke efter dine brødre i det første land?"

"Jo, meget. Men nu må jeg blive her et livs tid. Et løfte forpligter mig."

"Hm." Den grønne sukkede. "Så må jeg vel blive her hos dig lige så længe. Jeg KAN ikke forlade dig, nu hvor jeg har fundet dig igen."

"Så bliv, min egen," hviskede Iliar og foldede sig nok engang om den grønne. En regnbue af kulørte gnister dalede ned på den stille villavej, hvor et forelsket par forundret så dem falde.

Forpustet ankommet til hjemmet var Julie straks styrtet ind til Ovan-Tor. Febrilsk forsøgte hun at give ham armbåndet på poten. Men det var alt for lille. Hun prøvede alle fire poter, selv om hun vidste, at resultatet ville blive det samme. Armbåndet kunne kun gå ind om en enkelt af de store trædepuder. Men så halen da! Nej, det gik heller ikke. Den var så tyk og busket, at det var håbløst. Så fik hun øje på Ovan-Tors øre. Dét måtte armbåndet da kunne glide ned omkring! Forsigtigt rullede Julie den store hunds øreflip sammen og trak den igennem armbåndet. Ja, dér kunne den sidde! Nu kunne Julie kun vente.

Hun kom ikke til at vente længe. Ovan-Tors øjenlåg begyndte at sitre. Langsomt åbnede han øjnene. Hans øjne, der var lige så kulsorte som hans pels, brændte sig ind i Julies. I næste nu var han med et sæt sprunget op på gulvet og tårnede sig op over pigen. Julie for tilbage med et gisp.

"Ovan-Tor!" sagde hun med en ynkelig lille stemme.

"Hvem er du?" lød nu for første gang hans stemme. "Hvor er Sne, min søster?"

"Hun har ... har det godt! Du bider ikke, vel? Så skal jeg fortælle dig det hele!"

"Ja, gør det, men skynd dig! Hvor er troldmanden?"

"Han er død! Væk!"

"Det var den bedste, men også mest utrolige nyhed, du kunne give mig! Du ser ikke ud, som om du lyver, men jeg er spændt på at høre din historie!"

Ovan-Tor satte sig på halen over for Julie. Nu var hun ikke mere bange for ham, selv om han, selv om han sad ned, ragede et godt stykke op over hende. Han var større end Sne i hundeskikkelse. Julie fortalte nu alt, hvad der var sket den dag i skoven, hvor troldmanden var blevet tilintetgjort. Og hvordan han, Ovan-Tor, havde ligget i dvale siden. Da hun var færdig med at fortælle, bøjede den store hund sit mægtige hoved ned og slikkede Julie på kinden.

"Hvordan skal jeg nogensinde takke dig?" sagde den. "Nu tør jeg blive menneske igen." Han rystede sig, og pludselig stod der en slank sorthåret dreng foran Julie i noget fremmedartet tøj. Igen blev Julie forskrækket. Men drengen tog hendes hænder imellem sine og så på hende på en måde, som ingen dreng nogensinde før havde set på hende. Hendes forskrækkelse blev til uro og hjertebanken. Hun både ville og ikke ville trække hænderne til sig og mærkede pludselig, at hun blev varm i kinderne. Men Ovan-Tor lod som ingenting og sagde bare: "Skal vi finde Sne?"

Så gik de sammen ned ad trappen, og han blev ved med at holde hendes ene hånd, og hun blev ved med at være rød i kinderne. I munden havde Ovan-Tor stadig den slange, som han havde fået flydende føde igennem.

Pludselig lød der en lille klinger lyd foran dem. Noget faldt ned på trappen. Det var Julies armbånd, hvis gamle slidte lås var gået op af sig selv. Var det gledet ned fra Ovan-Tors øre? Eller var det kommet til at sidde i hans hår? Julie havde været for forvirret til at lægge mærke til, hvor armbåndet var blevet af, da hunden var blevet til en dreng.

Forskrækkede stirrede de begge på armbåndet. Hvad betød det, at det var faldet af? Hurtigt samlede Julie det op og ville give Ovan-Tor det om håndleddet. Men da skete der noget med armbåndet. Det smuldrede væk mellem hendes fingre og forsvandt, og det lød grangiveligt, som om en lille svag stemme sagde: "Til sned og fog!" efterfulgt af en lille latter. Så blev der stille. Foran Julie sad den sorte hund nu igen. Den lagde hovedet på skrå og på på hende med et uudgrundeligt blik. Julie slog armene om halsen på den og kom til at græde.

"Kan du nu ikke blive menneske igen?"

"I hvert fald ikke lige nu," sagde Ovan-Tor bedrøvet. "Men måske har Iliar et godt råd. Desværre er han kun Snes gudfar, ikke min. Min familie mødte ham først, efter at min bror og jeg var født. Og som Snes gudfar har han størst magt til at hjælpe hende."

Sne og Victor blev på én gang lykkelige over at se, at Ovan-Tor var vågnet af dvalen, og ulykkelige over at høre om uheldet med armbåndet. På deres kalden dukkede Iliar op. Han gnistrede og lyste, som børnene aldrig havde set ham før. Men noget af hans stråleglans aftog, da han hørte om Ovan-Tors problem. Hans venlige ansigt rynkede sig i dybe folder. Til sidst sagde han: "Jeg tror, at det betyder noget, den stemme, I hørte. Det må have været et ekko, for du genkendte jo stemmen, ikke Ovan-Tor?"

Den sorte hund nikkede.

"Og troldmanden er død og borte," fortsatte Iliar. "Det kan jeg mærke på mig selv, lige som jeg tidligere altid kunne mærke hans modbydelige tilstedeværelse. Men hvis de ord binder dig, så må de ord, som Victor kom til at sige dengang, kunne løse dig igen."

Så prøvede de sig frem, den ene efter den anden, med forskellige udgaver af "til sned og fog", med fra i stedet for til og bytten om på ordene. Men denne gang hjalp det ikke. Ovan-Tor kom ikke ud af sin hundeskikkelse.

Fra nu af fulgte Ovan-Tor Julie. Hvor Julie gik, der gik hendes hund også. Skræk og misundelse fyldte hendes klassekammerater. Den sorte kæmpe tillod ingen andre end Julie, Sne og Victor at røre sig, og så Julies og Victors forældre. Mad spiste Ovan-Tor ikke mere i Julies hjem. Plastslangen havde han for længst selv fjernet. Om natten var han mange gange væk, og Julie spurgte ikke, hvor han havde været.

I det skjulte spekulerede den sorte og den grønne skygge-trold. Og en nat faldt der en regn af funker ned over den sovende Julie, og hun drømte en sær drøm. Troldmandens skarpe skikkelse stod foran hende. En tæt røg bølgede om-kring hende, og hun følte sig meget utilpas. Men instink-tivt vidste hun, at hun skulle se eller høre noget vigtigt, og hun kæmpede for at holde sig oprejst, mens den ene bølge af kvalme efter den anden skyllede igennem hende. Troldmandens træk og skikkelse flød hele tiden ud, og han sad og spiste et eller andet, som hun ikke kunne se, hvad var. Måske var han ikke rigtigt død? Eller så hun her et spejlbillede af noget, der var sket tidligere?

"Bundet til hund, ja, bundet til hund, mine trofaste tje-nere alle tre!" sang han for sig selv. "Et ord kan befri dem, men kun én gang! Bliver de bundet for anden gang, kom-mer de aldrig fri! For kun den, der elsker, kan så give fri! Og hvem kan elske en ghil?" Nu rejste han sig og dansede rundt på en sær uhyggelig måde. "For hvem kan elske en ghil?" Hans stemme steg til en skurren. "Hvis der findes en elskende, kan ghilen blive fri, men det gør der ikke. For hvem kan elske en ghil? Nej, hvem kan elske en ghil? Ha, ha!"

Julie fik et nyt anfald af kvalme, mens latteren rungede i hendes ører. Pludselig var troldmanden væk, eller var det hans spejlbillede, og hun vågnede med et sæt. Drøm-men stod krystalklar for hende, og hun var ikke dårligt tilpas mere.

Hun forstod det alt sammen. Her, her hos hende, og kun hos hende, kunne ghilen blive fri. Men endnu vidste han det ikke.

Julie vækkede Ovan-Tor, som sov på en madras ved siden af hendes seng. "Vågn op," hviskede hun. "Jeg har haft en drøm." Så blev hun rød i hovedet ved tanken om den dreng, der gemte sig inde i hunden. Men det kunne heldigvis ikke ses i mørket. Hun fortalte om sin drøm. Ovan-Tor lyttede opmærksomt, og det gjorde de to skyggetrolde uden for også. Da Julie var færdig, blev der stille. Hendes hjerte hamrede. Så lagde den store hund hovedet på Julies skulder og sagde: " Så sig det, Julie."
  "Hvad skal jeg sige?"
  "At du elsker mig."
  "At jeg ... jeg ..." Julie blev helt tør i halsen. Men så slog hun begge hænder for ansigtet og sagde højt og tydeligt: "Jeg elsker dig, Ovan-Tor."
  Og da hun kiggede ud mellem fingrene, var den sorthårede dreng der virkelig igen. Han sad med hovedet på hendes skulder og sin kind imod hendes.
  "Åh!" mumlede hun og beholdt hænderne for ansigtet.

Men Ovan-Tor løftede hovedet og tog hendes hænder væk fra ansigtet.

"Jeg elsker også dig, Julie," sagde han og kyssede hende midt på munden.

Uden for skælvede en sort og en grøn kugle af glæde og ophidselse. Nattevinden kærtegnede dem og træet, som de sad i.

"Bliver han så aldrig hund mere?" spurgte den grønne.

"Kun hvis han selv vil. Lige som Sne," svarede den sorte.

I Julies værelse var et mørkt hoved lænet mod et lyst. De to sad på Julies sengekant og hviskede sammen. Langsomt var det ved at gå rigtigt op for dem, at Ovan-Tor endelig var kommet ud af sit fængsel. Ind i mellem knugede han Julies hånd så fast, at hun måtte sige av. Da de endelig lagde sig igen, blev de ved med at ligge og småsnakke. Til sidst blev det de to 'tanter' uden for i træet for meget. Bekymrede for deres protegeers nattesøvn strakte de hver en smal tynd selvforlængelse ind gennem ruden og berørte blidt Julies og Ovan-Tors øjenlåg. Så slumrede de to unge endelig ind.

I morgen skulle verden præsenteres for Julies nye 'fætter'.

Den grønne skyggetrold hviskede til Iliar: "Nu har dit eventyr om "Pigen, som fik en skyggetrold til gudfar" fået sin slutning. En lykkelig slutning."

FISKEBJØRNS Ø

En fortælling af Birka Ingemann Björklund og
Lilli Lund Christensen

En aften, hvor fjernsynet ikke var tændt, og hvor mor Iben og den tolvårige datter Maja sad og hyggede i sofaen med bøger, blade og kryds og tværs'er, sagde Maja: "Skal vi ikke lege 'fortæl en historie', mor? Vi kunne give hinanden ord, som vi så SKAL bruge, og så skal vi fortælle på skift. Det gør vi nogle gange henne i skolen." Hun så på sin mor med de vakse brune øjne under det brune bølgede hår, som man tydeligt kunne se, at hun havde arvet fra moderen.

"Det gider jeg godt," sagde Iben. "På én betingelse."

"Ja?"

"At vi prøver på, at der bliver en lille smule mening i det. Altså ikke noget med, at der sidder en vikingehøvding og spiller computerspil, vel?"

"Jeg forstår godt, hvad du mener. Må jeg starte? Jeg skal lige finde på tre ord."

"På én gang?"

"Ja. Du får tre ord." Hun tænkte sig om. "Det skal være: Dreng, fisk og ... kort. Sådan ét fra et spil kort."

Moderen sad et øjeblik eftertænksom. Pludselig skete der det, der sker, når fantasien får lov. Det var, lige som om der blev tændt for et indre fjernsyn. Eller at en film blev blændet op på lærredet, om man vil. Moderen begyndte: "Der kom en halvvoksen dreng, eller rettere en ung mand, gående gennem en landsbygade. Den lignede noget fra middelalderen eller måske tidligere. Drengen var køn og lys og iført en vævet kjortel af groft stof. Han gik i sine egne tanker og så helt sammenbidt ud. Automatisk hilste han på de mennesker, som han mødte, og som hilste på ham, mennesker, som han havde kendt hele sit liv, og som han var opvokset iblandt. Men nu ville han se noget mere af verden. Ikke kun denne lille landsby. Nu VILLE han med til marked, og snart, nej NU, ville han have svar på de mærkelige ting, der hang sammen med hans fødsel, hans navn, hans ukendte far og hans fødselskort, ja, alt det, som hans mor havde lovet at fortælle ham, når han var blevet stor nok.

Mellem Per, Povl og Laurits hed han noget så mærkeligt som Fiskebjørn. Navnet Fiskebjørn havde hans far bestemt. Den far, der åbenbart var hemmelig. Han skulle have det navn, fordi han ville adskille sig en del fra de fleste, havde faderen sagt. Det var alt, hvad Fiskebjørns mor havde fortalt ham. Han VAR også anderledes, var Fiskebjørn. Hans fingre og tæer var usædvanligt lange og tynde, men alligevel stærke, og i mellem dem sad en tynd og sej svømmehud. I hele ryggens længde havde han en svømmefinne, der endte i det måske mest mærkelige ved ham, nemlig en slags hale eller rettere en forlængelse af finnen, så det lignede halefinnen på en salamander. Selvsagt svømmede han som en drøm.

Fiskebjørn var svømmer og fisker, næsten før han kunne
gå. Han forsynede landsbyen med fisk fra den nærlig-
gende flod, der stødte op til et vældigt moseområde, hvor
han havde sine ruser. I hans ruser gik fiskene altid, for
han 'svømmede' dem selv derind, dykkede, fandt fiskene
og jog dem og drev dem. Han kunne tilbringe hele dage
i vandet. De små røde streger på hans hals, der lige nu
kun anedes under skyggen af hans lyse hår, var gæller.

At han ikke var blevet ombragt som ganske lille på grund
af sin, skal vi kalde det temmelig aparte fremtoning,

skyldtes dels, at finner, gæller og svømmehud ikke sås så tydeligt på den nyfødte, og at landsbyens 'kloge kone' var Fiskebjørns mormor, som forklarede, at barnet var et lykkebarn, der ville holde sulten fra landsbyen. Og det varede ikke længe, før hun fik ret.

Fiskebjørns mor vævede og flettede. De to boede alene. Fiskebjørn skaffede sin mor rør, siv og græsser. Omtrent hver tyvende dag drog moderen med sine kurve og vævede ting sammen med andre fra landsbyen til marked, hvor hun solgte pænt eller byttede. Markedet lå inde i landet, så langt væk, at det tog en dagsrejse at komme der til og en tilsvarende dagsrejse at komme hjem igen. Men det betalte sig, for jo større Fiskebjørn blev, jo flere siv og rør magtede han at skaffe, og flere og flere af landsbyens kvinder deltog i kurvefletningen. Men nu havde Fiskebjørn bestemt, at han også ville prøve at komme med til marked. Hidtil havde han ikke måttet – af forsigtighedshensyn, blev der sagt. Men han kunne da bare sidde bagest i sin mors bod, gemt i sin store kjortel, som ville skjule hans særpræg. Så var der da ingen, som ville opdage, at han så lidt anderledes ud end dem. Og moderen SKULLE nu fortælle ham om hans far."

"Kortet, mor, kortet."

"Ja, det kommer nu. Altså: Fiskebjørn gik videre. Han ænsede ikke, at et par piger på hans egen alder kiggede langt efter ham, da han gik forbi. Hans ene hånd knugede om en lille brun pose, som han bar om halsen. I posen var hans 'fødselskort', godt smurt ind i fedt, så det kunne holde til al den vandgang, som Fiskebjørn udsatte det for. Men skulle det gå til, så vidste alle alligevel, hvad det havde forestillet."

Moderen fortsatte: "Det var en skik, de havde dengang. Man havde oprindeligt haft et spil, som mindede meget om tarotkort, men ... "

"Hvad er tarotkort, mor?"

"Tarotkort er nogle spillekort, som man havde i gamle dage. Der var figurer på eller tegninger, og der var mange flere kort, end vi har i et spil kort i dag. Vores joker er vist en rest fra tarotkortene. Det skulle være et ret svært spil at spille. Men ved du for resten også, hvad en skik er, Maja? Det er noget, som man plejer at gøre, hele tiden."

"Åh, men det ved jeg godt, mor. Hvad en skik er. Bare gå videre."

"Okay. Disse kort, som jeg fortæller om her, dem var der rigtig mange af, mindst tusind kort i et spil, og hvert kort kunne have flere betydninger. Men man brugte ikke kortene mere til at spille med, man brugte dem til at spå med. Enhver klog kone med respekt for sig selv havde en større samling af disse kort, og alle nyfødte børn blev spået på den måde, at den kloge kone kom på barselsvisit og lod den nybagte moder (eller fader, somme tider var det faderen) trække et kort, som så var 'livsspådommen' for den nyfødte. Da alle kortene forestillede en to-tre ting i sammenblanding og således kunne tolkes på mange måder, kom spådommen som regel til at passe."

Iben standsede og trak vejret. "Nu er det din tur."

"Det gør ellers ikke noget. Det er meget spændende."

"Nej, nu får du tre ord." Moderen tænkte sig om. "Det skal være: Pige, heks og ... "

"Altså, mor! Hvorfor skal jeg have sådan nogle kedelige ord? Jeg kan lige se, hvad du tænker! Nu skal Fiskebjørn møde en smuk ung pige, og så kommer den onde heks, men til sidst bliver de alligevel lykkelige. Det sidste ord, du ville have sagt, var garanteret 'far', så Fiskebjørn lige kan lære sin far at kende. Og så: historie slut! Jeg gav da ikke dig sådan nogle kedelige ord!" Maja så indtrængende på sin mor.

Denne sagde lidt forundret "hm" og fortsatte så: "Jeg synes, du gør mig uret. Har jeg lagt op til, at det hele skal ende så kedeligt? Jeg synes da tværtimod, at jeg har lagt op til, at der skal ske noget!"

Maja sad et øjeblik. Så lyste hun op. Nu var der vist blevet tændt for HENDES indre fjernsyn eller indre filmlærred. "Jeg har fået en idé! Jeg kan godt bruge 'pige' og 'heks' alligevel. Hvad er så dit sidste ord?"

"Fødder!" sagde Iben – og for sig selv tænkte hun hehe! Se så, hvad du kan få ud af det! "Ja, fødder! Det er da lige så godt som dit 'spillekort'." Og så lænede hun sig velbehageligt tilbage i sofaen for at lytte.

Datteren startede: "På det kort, som Fiskebjørn var blevet spået med, var der et billede af to kvinder, som hang sammen i ryggen. De havde næsten kun én krop, sådan så det i hvert fald ud, men så man godt efter, kunne man se fødderne af den ene hænge og daske ned over ryggen på den anden, altså lige som om der var et stort menneske, der bar på et mindre menneske, altså på ryggen. De var vokset sammen, lidt sådan som en slags monster.
Den lille var ret lille. Ikke større end en slags abe. Det var en meget smuk pige. Den store var en grim heks med hugtænder. Heksen havde en sort spids hat på, og pigen havde langt sort hår, der gik hende ned over skuldrene. Der var ingen i landsbyen, der forstod, hvad kortet betød, og ingen havde set sådan et kort før."
Maja standsede. "Nu har jeg brugt ordene."

"Jaeh," sagde hendes mor og smilede drillende. Så let skulle datteren nu ikke slippe – selv om Iben var imponeret af hendes billede af de to kvinder. "Slap du ikke lidt nemt over det med fødderne?"
"Joeh," sagde Maja og grinede. "Nå. Ok:
Fiskebjørn havde til sidst fået lov til at komme med til marked. Den første dag kom de til markedet om aftenen.

Han gik på opdagelse i byen ... – Det var ikke en særlig stor by. Sådan en by lige som i gamle dage."

"Var han ikke meget træt efter at have rejst hele dagen? Og skulle han ikke blive hos de andre og skjule sig?" afbrød moderen. Hun var i godt humør, og det var hende umuligt ikke at drille lidt.

"Jo, jo. Det skulle han. Men så sådan her: Selv om Fiskebjørn var træt efter at have rejst hele dagen, gik han alligevel på opdagelse i byen."

"Okay," sagde moderen.

"Han kunne nemlig slet ikke lade være, for han havde været så spændt. Han havde ikke fået lov, for han havde ikke spurgt, men han havde taget sin store kappe over sig. Han gik sammen med en anden dreng, en, der var lidt større end ham selv og som tit var med ham ude i båden, når de var hjemme i deres egen landsby.

Den anden dreng hed ... æh ... Lau, og han var ikke så klog. Han var i virkeligheden meget ældre end Fiskebjørn og stor og stærk.

De to gik omkring på torvet og så på, hvordan folk var i gang med at rejse små butikker til markedet næste dag.

Pludselig fik de begge to øje på en lille kone med en kæmpepukkel på ryggen. Hun var iført en sort kappe og havde en sort spids hat på hovedet. Begge drengene gloede. Hun lignede helt vildt heksen på Fiskebjørns tarotkort. Hun gik

206

væk fra dem, og de skyndte sig bag efter for at komme til at se hende forfra, så de kunne se, om hun havde hugtænder. Det havde hun, og da de så på hende, så hun også på dem."

"Goddag, unge mennesker," peb hun med en lille stemme. "I er tidligt ude at gå, inden markedet begynder?"

Begge drengene stod helt stille. De turde slet ikke sige noget.

"Jeg er en spåkone. Kan I betale? Jeg fortæller om fremtiden på alle markeder."

Fiskebjørn og Lau så på hinanden. Så sagde de ja.

De fulgte med hen til spåkonens telt, som allerede var oppe. Det havde rigtig mange farver og var lidt i stykker. På vejen derhen pegede Fiskebjørn forsigtigt på bulen på ryggen. Lau kiggede også på den. Da de kom indenfor i teltet, sagde Lau, (for han var jo ikke så klog): "Jeg vil ikke vide noget om fremtiden, men jeg vil gerne se den bule, du har på ryggen!!"

Heksen gav sig til at grine. "Næh, sikke et fjols, der er kommet i dag! Det koster mere, end du kan betale!"

Lau tog en flaske med kirsebærsaft og nogle små kopper op af sin rygsæk. "Det er også lige meget så. Hvor meget kan du så fortælle mig for en kop kirsebærsaft?"

Fiskebjørn var meget spændt. Han havde på fornemmelsen, at Lau havde en plan, men de kunne jo ikke snakke sammen, mens heksen hørte på det.

Laus plan var meget enkel. Da han hældte kirsebærsaft op i kopppen til heksen, slog han hendes kappe til side med den anden hånd. Heksen skreg og prøvede at få kappen på igen, men det var for sent! Drengene havde set 'bulen'. På heksens ryg sad en pige nøjagtigt som på kortet. De kunne kun se hendes hoved. Resten af hende var gemt i heksens store tøj. Den eneste forskel fra Fiskebjørns kort var, at pigen på kortet havde åbne øjne, mens pigen på heksens ryg sov."

"Hvor fortæller du godt!" sagde moderen. "Hvornår kommer det med fødderne?"

"Nu. Lau råbte "Hjælp med at få hende ned!" og så kastede han sig over heksen. "Tæppet!" råbte han. Fiskebjørn havde også set, at der lå et tæppe i teltet. Det skyndte han sig at tage, og sammen viklede de heksen ind i tæppet.

”Pas på fødderne! Pas på fødderne, idioter!” skreg hun. Lau havde et tørklæde, som han bandt om munden på hende. Det var lidt svært på grund af hugtænderne, men Fiskebjørn hjalp ham.

”Hvad vil du med hende?” spurgte han Lau.

”Vi tager hende med. Så spørger vi de andre, hvad vi skal gøre.”

”Nåeh.” Det tænkte Fiskebjørn lidt over. Så sagde han: ”Du er nu ikke så dum, som de siger, Lau! Men det har jeg da vidst hele tiden!”

Maja så stolt på moderen. ”Så er det dig! Og jeg havde meget med fødder med!”

”Ja, det var både flot og spændende,” svarede Iben. ”Jeg har kun ét spørgsmål: Hvorfor lod heksen sig overmande af de to unge mænd? Hvorfor brugte hun ikke sine heksekræfter?”

”Fordi ... det er, fordi hun ikke var en helt rigtig heks alligevel. Hun var nærmest ... forhekset sammen med pigen på ryggen, ik’?”

”Aha. Ja, hvis vi siger sådan, så passer det sammen. Og så tager Fiskebjørn og Lau hende nu med hen til de andre landsbyboere?”

”Ja. Og nu er det din tur.” Maja tænkte sig om. ”Jord. Siv. Og ... trold. Nej, ikke trold. Jo, trold.”

”Er det ikke dig, der er gammeldags nu med en trold?”

Moderen sendte sin datter et drillende blik. "Men pyt. Du kan ellers tro, at ordet 'jord' passer mig fint. For ved du hvad:

I deres egen lejr blev Fiskebjørn alene med heksen, jeg mener den gamle spåkone, som på det tidspunkt ikke længere var byltet ind i tæppet, men derimod var bundet på hænder og fødder for ikke at løbe væk. Først var der selvfølgelig en hel masse opstandelse og forklaringer, men landsbyboerne kunne godt se, at heksen var lige som billedet på Fiskebjørns fødselskort. De så alle den sovende piges hoved bag på konens ryg. Denne havde for resten ikke sagt et eneste ord, efter at tørklædet var blevet fjernet fra hendes mund. Hun ville ikke spise eller drikke og ikke svare på et eneste spørgsmål. Og Fiskebjørn fik hende til sidst overladt som SIN hovedpine.

Han bestemte sig nu for, at han ville se hele den sovende pige. Han skar simpelthen den gamle kvindes kjortel op mit i ryggen. Han kunne godt se, at hun blev rasende, men hun sagde stadig ikke et ord. Pigen bag på var ikke større end en mellemstor hund, men hun var en ung pige, ikke noget barn. Armene hang ned langs siden, og de bittesmå fødder hang og dinglede i luften.

Da Fiskebjørn så de små fødder hænge og dingle sådan, fik han lyst til at se, om de kunne stå af sig selv, hvis de fik noget at stå på. Måske tænkte han også på konens udråb

"Pas på fødderne!", dengang de overmandede hende. Så han tippede nu forsigtigt den gamle kone bagover, for at pigens små fødder kunne komme til at røre jorden.

Da han gjorde det, begyndte konen at hvine. Hun hvinede og hvinede som en pint kat og vred sig, og folk kom farende. Men Fiskebjørn var ligeglad, for netop da kom de små fødder ned og røre jorden. Og da skete der noget mærkeligt. Den lille unge pige begyndte straks at vokse, og den gamle kone at skrumpe ind, mens hendes hvinen blev svagere og til sidst forstummede. Kort efter var hun løftet op og sad lillebitte og sovende på ryggen af en smuk ung pige i normal størrelse. Pigen slog øjnene op og gemte sig forvirret i den gamle kones kappe.

Det varede dog ikke længe, før hun gerne ville snakke. Helst med Fiskebjørn, som hun straks fik sympati for. Og især, da hun hurtigt forstod, at det var ham, der havde vækket hende. Men Lau takkede hun også mange gange, da hun hørte, hvor meget han havde gjort."

Her faldt der Iben noget ind. "Hvad skal hun hedde, Maja?"

Datteren så lidt usikker ud. "Har du en idé, mor?"

Iben tænkte sig lidt om. "Hvad med Sylvia? Eller Silja?"

"Silja, synes jeg, er meget pænt."

"Godt, så kan vi jo kalde hende det ... " Og så fortsatte moderen: "Sagen var, at Silja bar på denne forbandelse – at hun var delt i to personer, og den af dem, der havde fødderne på jorden, var den levende af dem, mens den anden måtte sove en dyb søvn. Nu ville Silja gerne have en masse at vide. Hun havde jo sovet i hvem vidste hvor mange år, hvor den gamle af de to hele tiden havde passet på, at Siljas fødder aldrig rørte jorden."

Maja smilede. "Og så blev de forelskede."

"Selvfølgelig. Og Fiskebjørn fandt sin far. Hov, jeg skal lige sige, at den gamle kone ikke blev ved med at være bundet på hænder og fødder. Da hun blev lille, faldt båndene simpelthen af.

Fiskebjørn hentede med det samme sin mor og viste hende Silja. Han stolede på, at hans mor ville acceptere Silja og hjælpe ham med at passe på hende. Fiskebjørns mor fortalte ham nu historien om hans far, og at denne var en sivtrold, som hun var blevet forelsket i. Det overraskede hende ikke, at sønnen var blevet forelsket i en pige, der var anderledes."

"Sivtrold!" grinede Maja.

"Ja," svarede hendes mor værdigt. "En sivtrold. Dem fandtes der ikke så mange af, men et par tvillingebrødre var blevet så meget uvenner, der, hvor de befandt sig i det floddelta, hvor landsbyens flod mange dagsrejser væk udmundede i havet. Dér havde Fiskebjørns mor i sine helt unge dage mødt den ene. Ja, han havde reddet hende fra at blive hvirvlet ud på det åbne hav og drukne, da hun alene i en mosebåd var blevet fanget af strøm og vind. Det havde været meget dumt af hende at tage alene ud i båden, og hun havde drevet om i adskillige dage med ødelagt ror. Da sivtrolden fandt båden og hende i den, var hun bevidstløs af sult og kulde.

Han havde sagt, at det var godt, at hun ikke var kommet under en af hans kampe med sin tvillingebror. De to lå altid i strid om herredømmet over deltaet. Fiskebjørns far var et vandvæsen, og broderen et landvæsen. De var begge sivtrolde, og alle sivtrolde ville helst være i nærheden af vand. Nogle helst i vandet, andre helst over vandet. Med mellemrum skreg den ene: "Vand over land!", og den anden skreg: "Land over vand!" Så steg og faldt vandet i hele deltaet. Øer dukkede op og blev overskyllet igen, og der kom hvirvelstrømme og flodbølger, som fik deltaets bredder til at ændre sig ustandseligt. Resultatet blev altid en form for ligevægt, men hvor landskabet var totalt forandret fra før.

I den anderledes og fantastiske verden blev Fiskebjørns mor en tid sammen med sivtrolden. Han var ikke helt ulig et menneske, og han blev meget glad for Fiskebjørns mor. Da denne en dag opdagede, at hun var med barn, tog hun med tungt hjerte afsked med sivtrolden og rejste hjem til landsbyen, da hun ikke kunne have et barn ude i deltaet."

Maja indskød: "Ja, for der var alt for meget mudder."

Iben grinede. "Og nu er det din tur. Kan du slutte historien nu?"

"Ja, hvis jeg får gode ord."

Moderen foreslog så: "Rejse. Ophævelse. Og ø."

"Hvad betyder 'ophævelse'?" spurgte Maja.

"Det betyder, at noget forsvinder. Man kan ophæve en regel, for eksempel, eller en forbandelse."

"Nåeh," sagde Maja. "Du tror, du er så klog. Du vil have mig til at fjerne pigens forbandelse og slutte historien med, at de levede lykkeligt til deres dages ende. Men det gør jeg ikke. Og ved du forresten, hvem det er synd for?"

"Nej?"

"Det er synd for sivtrolden og Fiskebjørns mor. At de ikke kunne bo sammen. Måske kunne de alligevel komme til at bo sammen."

"Så tror jeg, at historien bliver for lang."

"Ja, det tror jeg også. Men Silja må blive ved med at have heksen på ryggen. Forbandelsen kan ikke ophæves. (Så nu har jeg brugt ordet 'ophævelse'.)

Iben indskød: "Det er godt nok synd for Silja, at hun altid skal være bange for at blive til heks igen."

Maja: "Ja. Fiskebjørn, hans mor og Silja blev nu enige om, at de ville sejle ned ad floden for at finde Fiskebjørns far. De tager af sted og kommer ned til deltaet. De kan se havet. De finder både Fiskebjørns far og hans tvilling, der holder en pause med deres skænderier. De blev meget meget glade for at se Fiskebjørns mor igen og Fiskebjørn. Begge sivtrolde havde været meget kede af det, da Fiskebjørns mor tog af sted.

Selv om Fiskebjørns far og heller ikke hans bror kan hjælpe Silja af med hendes forbandelse, så får de en god idé. Og det er en ø.

De vil hjælpe Fiskebjørn og Silja med at skabe en ø af tæt tæt siv, så pigen og Fiskebjørn, og også moderen, kan bo på øen, og Silja kan være sikker på, at den gamle kones fødder aldrig vil røre jorden mere. De to trolde ville så lade øen være uden for deres skænderier.

Senere kommer Lau og nogle af deres venner ud til dem på øen, og de kan leve af at fiske. Fiskebjørns mor og sivtrolden kan nu endelig ses hver dag."

Iben var imponeret. Både over slutningen og over, at datteren havde fundet en løsning for de to, som hun havde syntes, at det var synd for. Det sagde hun til hende.

"Hvad med, at øen efterhånden blev til et sagn for de folk, der bor inde i landet?" spurgte hun,

Det syntes Maja godt om. "Ja, det siger vi. For den flytter sig jo hele tiden. Efterhånden bliver Fiskebjørns ø så sådan en ø, som ingen nogensinde har set, men altid kun hørt om. Så dette er fortællingen om Fiskebjørns ø."

De to i sofaen så på hinanden og var meget glade og stolte.

De så øen med dens mennesker sejle forbi i horisonten, mens mågerne skreg i den friske blæst, og sivtroldene fik deltaet til at boble.

De havde skabt noget og haft det sjovt. "Skriver du det ned?" spurgte Maja sin mor. "Ja, hvis du tegner til," svarede Iben.